BARゴーストの地縛霊探偵

歌田年

宝島社文庫

宝島社

[目次]

BOOZE 01：詐欺……7

CHASER 01……60

BOOZE 02：人間消失……61

CHASER 02……110

BOOZE 03：定義……111

BOOZE 04：君の名は……159

CHASER 03……208

BOOZE 05：アリバイ……209

BOOZE 06：ダイイングメッセージ……253

LAST BOOZE……285

あとがき……307

ＢＡＲゴーストの地縛霊探偵

父母の霊と、呑み仲間たちの霊に捧ぐ

BOOZE
01

詐欺

「幽霊などいるわけがない。信じる者は愚かだ」

新宿駅西口のジャズが流れる〈BARコースト〉のカウンターの入口寄りに座り、本を片手にキャメルの紫煙を吐き出してそう言ったのは、常連客の小説家、川田《かわだ》氏だ。五十代半ばで中肉中背、白髪混じりのツーブロック。型遅れのダークスーツにボタンダウンのシャツと細っこいネクタイ、ウイングチップの革靴。書くジャンルはハードボイルド探偵小説。

川田氏が大学生の頃は、男臭いハードボイルド作家たちが毎年のように直木賞を獲っていたという。彼らに憧れ、やっと念願叶《かな》ってデビューした頃にはこのジャンルが下火になっており、本を出してもたいして売れないと嘆く。

「ミステリーとハードボイルドの要諦は自然主義的リアリズムだ」というのが彼の持論で、それによれば、幽霊のようなものを認めてしまうと作劇が成り立たないというのである。

「センセ、しかしあのコナン・ドイルでも晩年は幽霊を信じてたといいますぜ」と、SFイラストレーター兼ライターの赤井《あかい》氏がツッコミを入れる。

センター分けの日焼け顔、ライダースジャケットをラフに羽織った彼ももう五十歳になったはずだが、未だにサバイバルゲームで野山を駆け回っているせいか、大柄な体躯《たいく》に贅肉《ぜいにく》はほとんど見当たらない。

彼は少し歳上《としうえ》の川田氏のことを親しみと少々のからかいを込めて〝センセ〟と呼ぶ。あるいはアニキ的な目線もあるのだろうか。

その赤井氏とぼくは同じ映画雑誌に寄稿しているライター同士で、その縁から彼の行き付けだったこの店に連れて来てもらったという経緯がある。彼はこの業界が長いヴェテランであり、ただの映画オタクでしかないぼくとは親子ほど歳が離れているが、いつもフランクに相手をしてくれた。ぼくは勝手に〝師匠〟と崇《あが》めている。

今、ぼくはカウンター中ほどの、ひと抱えもある白い陶製の花瓶の前の席にいる。ここに腰を落ち着けて、人生および仕事の先輩たちの取り留めのない、しかし知的なおしゃべりに耳を傾けるのが、ぼくにとって至上の喜びなのだった。

ただし万年金欠病なので、一杯の酒をいつまでもちびちび飲《や》っていたし、口下手なせいで気の利いた会話もできない。ほぼ〝ＲＯＭ専〟だ。よい常連客とは言い難かったのだが、幸いにも末席を汚すことを許されている。

――さて、会話の続きに聞き耳を立てよう。

「レッドはホームズよりもチャレンジャー教授が専門だったのでは？」と、川田氏は答えた。

〝レッド〟とは、川田氏が赤井氏を呼ぶ時だけに使われるニックネームだ。由来は――そのまんまである。

「ああ……確かに『霧の国』はそんな話だったかなあ」赤井氏がジャケットの左肩のポケットからサインペンを抜き、丸いコースターの裏にラクガキを始めた。

〝チャレンジャー教授もの〟は、〝ジャーロック・ホームズ〟でおなじみのアーサー・コナン・ドイルが手掛けたもう一つの人気シリーズだ。ジャンルはSFになるはずである。ぼくも赤井氏に勧められて全話読了済みだ。『霧の国』はシリーズ三作目で、頑固一徹・科学第一主義だったチャレンジャー教授が心霊に開眼《かいげん》するという結末であった。

しかしながら、同シリーズで一番有名なのはやはり第一作『失われた世界《ロストワールド》』だろう。南米の人跡未踏の隆起台地に、太古のままの恐竜が現在も棲息《せいそく》していたというアレだ。映画化も何度かされている。ぼくは六〇年代のアーウィン・アレン監督作が好きだった。本物のトカゲに恐竜メイクを施しているのだ。

「確かにボクはSF屋だけど、もちろんホームズだって読んでますよ。しかし世界一有名な理論派探偵の生みの親であるコナン・ドイルが、晩年になると心霊主義に傾倒したというのは実に興味深い話ですよ」

川田氏が紫煙を吐き出して言う。「時代のせいさ。当時は知識人の間で流行していた。それに、第一次大戦で身内がたくさん死んで、幽霊でも信じないとやっていけなかったんだろうよ」

「つまりは〝思想〟と〝願望〟ですか……」と言いながら、赤井氏がコースターのラクガキを終えた。

絵は鉤鼻《かぎばな》の痩せた白人男性の横顔。鹿撃ち帽を被《かぶ》り、パイプを咥《くわ》えている。

「そう。至極個人的なことなんだ。他人が見ている幻を自分も見た気になって怖がるのはナンセンスというものさ」

「そういうもんですかね……」


——といったように幽霊の話題が出たのには理由がある。

ここ〈BARコースト〉の二階の開かずのパーティールームから、最近、不審な音が聴こえてくるようになったからだ。

それは「カツカツ」と人の足音に似ており、昨年亡くなった先代オーナーの幽霊が店の様子を見に来ているのではないかと、常連たちの間でまことしやかに囁《ささや》かれていたのである。

これじゃ〈BARゴースト〉だ、などと半ば冗談めかして。

ただし〝開かずの〟という修飾語は少々大げさで、新型コロナ禍以降、団体客の利用が極端に減ったため、ここ数年は滅多に使われなくなったというだけのことだ。

ぼく個人はというと、幽霊が物理現象を引き起こすことはまずできないと思っているので、この足音の噂《うわさ》には眉に唾付けて聞き流している次第だ。

その先代オーナーが実に六十年前、ここ新宿駅西口近くの裏路地に開店したのが、オリジナルのロールキャベツシチューで知られるレストラン〈コースト〉だ。大型電器店や飲食店が立ち並ぶ通りからは少し離れているため、とても静かで落ち着くのである。

店名はオーナーの〝岸《きし》〟という苗字《みょうじ》を単純に英語にしただけらしい。有名な宮大工に頼んだという内装はちょっと瀟洒《しょうしゃ》で、どういう由来なのか大きな葡萄《ぶどう》モチーフの樫《かし》の荒彫りが、店内外のあちらこちらにあしらわれている。床も昔ながらの板張りだ。

そのレストランと壁を一つ隔てたウナギの寝床のような区画がこのバーである。いわゆるウェイティングバーとも違う、専用の出入口が付いた独立した店だ。

十四、五人ほどが座れる樫材のカウンターがメインで、反対側の壁沿いにはトイレに続いて、頑張れば四人が座れるこぢんまりしたテーブル席が三つ。奥の突き当りに一部が螺旋《らせん》になっている階段。その脇に六人用テーブルが一つ。ただし、よほど混んでいないとそれらテーブル席は使われず、大抵の場合は客の荷物置き場になっている。

カウンターに座るぼくの前の花瓶には、きっちり二十本の赤いバラが活けてある。その左隣の檜《ひのき》の桶《おけ》には、カクテルに使う新鮮なレモンとライムが満載だ。

カウンターの内側は幅わずか五十センチほどしかない通路で、その後ろの壁は一面ガラス戸棚。中には酒のボトルやグラス類がびっしり収まっており、世界中のリキュールが揃《そろ》っていると言われている。

カウンターの奥の柱には、赤井氏がコースターの裏に描いた絵がいくつか貼られていた。先代の似顔絵も遺影のように飾られている。

その日は四月の最後の水曜日だった。外扉は開放され、晩春の宵《よい》のほんのり暖かな空気が、内側のスイングドアの下から店内に忍び入って来ているはずだ。

水曜日は週で一番店が空いているということで、救済の意味なのか混雑回避のためなのか、常連たちが自然と店に足を向けるようになったらしい。今日も六時を過ぎ、ぼくを入れて既に五人が集まっている。

その他には、カウンターの一番奥の席に鼠色《ねずみ》のジャケットを着た小柄な老人が独り座り、カウンター内の薄闇を真《ま》っ直《す》ぐ見つめていた。八十歳前後だろうか。長めの白髪に白い口髭《くちひげ》。初めて見る顔だった。前には無色透明の酒が入ったグラスとピーナッツの小皿が置かれている。

「たぶん先代は、慶子《けいこ》ちゃんの働きっぷりを見に来てるんじゃないの?」と、赤井氏がからかい気味に幽霊の話題を続けた。

「オバケの話なんかやめてよ」と、我らが名バーテンダー、小山《こやま》さんが言う。「あんた方と違って、アタシらずっとここにいるんだからさあ……」

彼は七十代半ば。小柄で痩せ型、清潔な白のワイシャツにジーンズ。黒い帆前掛けを着けている。だいぶ薄くなった白髪はオールバックだ。しかし髪に反して歯は丈夫で、この歳で未だに虫歯が一本も無いらしい。

五十年前に演歌歌手を目指して熊本県から上京して来たが、下積み時代にアルバイトで始めたバーテンダーの仕事がいつしかメインとなり、今に至るまでずっと続いているという。音楽全般に詳しく、バーにかかっている曲は全て小山さんのセレクションだ。なんでも、今は娘さんが彼の夢を継いでオペラ歌手をしているのだとか。

「わたしは別に平気だけどな」と、バーテンダー見習いの慶子さんが言った。

彼女は二代目オーナーの一人娘で二十五歳。今は有名私大の大学院で経営学を学びながら、夜は店で働いている。いずれは婿《むこ》を取って継ぐのだろう。才色兼備で店のアイドル。漆黒のショートボブがよく似合う。今日も白いブラウスにスリムジーンズというシンプルな出で立《いた》ちだ。やはり小山さん同様の黒い帆前掛けを着けている。なぜか現在カレシはおらず、ぼくの、いやぼくらのミューズなのである。

先ほどぼくは、先輩たちのおしゃべりに耳を傾けるのが至上の喜びだと言ったが、正確ではなかった。

慶子さんに会う喜びがそれと拮抗《きっこう》している。

赤井氏に連れられて来た最初の日、慶子さんを見たぼくの全身に電撃が走った。いわゆる〝一目惚《ひとめぼ》れ〟だ。一年ほど通った頃、ぼくは清水の舞台から飛び降りる覚悟で慶子さんに告白の手紙を書いた。いわば未来の婿候補として。

だが……その返事は未だにもらえていない。いつもらえるのだろうかと期待しながら、こうして足繁く通っているのである。

川田氏が話を戻した。「世界中のこれまでの累計人口は一千億からいるわけで、それらの霊魂がすべて存在するとしたら、地球は幽霊だらけになっているはずだ。ならばもっと目撃例があってしかるべきだろう。不思議がられ、怖《おそ》れられるような特殊な存在ではなくなっていなければおかしい」

「え……一千億なんだ」と、慶子さんが興味を示す。「因《ちな》みに世界の総面積ってどのくらいなんですか？」

今度は赤井氏が即答する。「陸地だけで約一億四〇〇〇万平方キロだったはず」

さすがはぼくの師匠である。川田氏もそうだが、こうした数字を諳《そら》んじているのは、インターネットやスマホの無い時代を長く生きて来たからだろう。なにしろ二人とも、電話番号を百人分くらいは未だに暗記していると豪語する。

「ということは——」と、慶子さんはレジ横の電卓で計算していた。「一平方キロに六八〇人？」

「日本の人口密度の倍ね。台湾より少し多いくらいかしら。けっこうギュウギュウだわ。そんなにいたら気味が悪い」と言ったのは希《のぞみ》さんだ。

明るく染めたソバージュに、紺のニットカーディガン、黒のワイドパンツ。外国大使館――確かカナダだと聞いた――に二十三年間勤め、先ごろ定年退職したばかり。そのうち十年は観光関係の部署だったという。それ以前もイギリス総領事館やドイツ系製薬会社にいたし、夫氏も世界的な登山家なので、とにかく海外には強い。

希さんは、知合いのガラス作家に作ってもらったというマイ・ゴブレットに瓶ビールを注《つ》ぎ足した。

「こう考えたらどうですか」と、高橋《たかはし》が手の上で意味なく小石を転がしながら言った。「霊魂はデータのようなものであり、別次元にクラウドのような形で保存されていて、時々ダウンロードされる」

七三分けの黒縁メガネで、ひょろりと長身の二十五歳。大学時代のアルバイトからそのままスライドする形で千駄ヶ谷《せんだがや》の進学塾で小・中・高校生に全教科を教えている。ぼくより一つ若く、慶子さんの親衛隊仲間――というかライバルだ。この店に通い始めてまだ一年ほど。水曜日は彼の定休日であり、服装もベージュのブルゾンに色落ちしたブラックジーンズ姿という休日仕様だ。

「それ、いい喩《たと》えだね」と、赤井氏。

高橋がぼくの師匠に褒められた。おのれ。

「誰が保存して誰がダウンロードするんだい」と、川田氏が訊《き》き返す。

「そこまでは分かりませんが……」と、高橋は頭を掻《か》いた。

「さあ、もう終わり！　わたし幽霊苦手なの！」と、希さんがピシャリ。

そういえば思い出した。彼女も映画好きで内外の名画をよく観るというので、名作『サイコ』の脚本家が監督したという『シェラ・デ・コブレの幽霊』のソフトをうっかり貸したところ、観て卒倒しそうになったと怒られたことがある。『スパイ大作戦』のマーティン・ランドー主演のせいか軽く見ていたらしく、本当に怖ろしい幽霊が出てくるとは思わなかったらしい。

赤井氏も頭を掻いた。「では、何か他にいい話題はあるかな……」

皆が黙って話題の検討に入った。

「小山さん、いつものを」と、川田氏。

「ギムレットね。今日のジンはボンベイを使ってみる？」

川田氏が頷《うなず》いた。

小山さんはカウンターのボトルの列から薄青い瓶を取って、大雑把に計量し、ステンレスのシェイカーに注いだ。慶子さんから渡された大粒のライムを小さなナイフで二つに切り、ガラスのスクイーザーで片方ずつ搾ると、これも全部シェイカーにぶち込んだ。最後にコアントローで少しだけ甘みを加え、氷を入れてシェイカーにフタをして、マトリョーシカの形に見えるそれをシャカシャカと景気よく振った。年季の入った音だ。

慶子さんがガラスの戸棚から取った逆円錐型《ぎゃくえんすいけい》のグラスを受け取ると、川田氏の前に置き、そこに作った酒を表面張力ギリギリまで注いだ。

「ちょっと飲んで」

ダンディーな川田氏がはしたなく口から行き、ズズズと啜《すす》る。

「もっと飲んで」

さらにズズズと啜ると、小山さんがシェイカーに残った酒をグラスに注ぎ足した。

お洒落なカクテルのはずなのに、まるで日本酒を桝酒《ますざけ》で〝もっきり〟にするがごとく提供するのが、小山さん流の常連客へのサービスだった。

前述のとおりぼくはゆっくり飲みたいタイプなので、最初に慌てて何口か飲まなくてはならないのはノーサンキューではあったのだが。

「ギムレットには早すぎる」と、ゆっくり派のぼくの心情を察したかのように、慶子さんが言った。

「何だって？」と、小山さん。

「『ギムレットには早すぎる』――フィリップ・マーロウという探偵のセリフですよね、川田さん」と、慶子さんが続ける。「よく聞くんですけど、どういう意味ですか？」

　小説の話だった。慶子さんは最近、ミステリーにハマっていると言っていたのを思い出した。ぼくも質問に答えて点数を稼ぎたいが、残念ながらそっち系はよく知らない。

「――『長いお別れ』に出てくるセリフだよ」川田氏はこれまで何十回も訊かれたせいだろうか、大儀そうに言った。「ただしマーロウのセリフではない。彼と友達になった男が好きだったカクテルがギムレットなんだ。その後色々あって二人再会した時、一種の符丁としてその男がそう言ったのさ」

「ふーん……そうなんですか」と言って、慶子さんは仕入れたばかりのアンチョコ本をめくった。「カクテル言葉は――『遠い人を想う』ですって。何か関係あるのかな」

　川田氏が曖昧に頷いて続けた。「作中で語られるレシピはドライジンとローズのライムジュースが一対一なんだが、それだと甘過ぎてしまう。だから小山さんのギムレットが一番いい」

「それはどうも」と、小山さんが言った。

「覚えておきます」と、慶子さんが何やらメモを取っていた。

「カクテルってぇのはな……」と、不意に隅の席の老人の声が飛んできた。「カクテルってぇのは……ハレの日に飲むもんなんだよ……」

〝ハレとケ〟のハレ、つまり〝特別な日〟のことを言っているらしい。誰もがこの得体の知れない老人に対して、どう扱ったものかと当惑していた。

川田氏がチラと老人に視線を走らせてから言った。「今日は原稿が五枚書けた。俺にとっては天下晴れてのハレの日でね」

「ふん……」と、老人はつまらなそうに言って、前方の薄暗がりを見つめる作業に戻った。

赤井氏が場を取り繕うように言う。「――『長いお別れ』といえば、アルトマンの『ロング・グッドバイ』もよかったな。原作とはちょっとイメージが違ったけど」

アルトマンというのは映画監督の巨匠ロバート・アルトマンのことだ。彼の監督作ということらしい。映画ライターとして恥ずかしいが、ぼくは未見だった。

「エリオット・グールドのマーロウが野卑過ぎる。髪型も気に入らない」と、川田氏。

「さすがセンセ、手厳しい。ボクなんか憧れて五穴のミニハーモニカの練習をしたもんだけどなあ、口に入れて。――そういえば、今夜あたり堀場《ほりば》敦乃《あつの》のエドガー賞の結果発表があるんじゃなかったですか。確か五〇年代にチャンドラー氏もこの作品で獲《と》ってたはず」

「そのとおり。よく知ってるじゃないか」

「ときに……」隅の席にいた老人が再び会話に割って入った。「堀場は……エドガー賞を獲れるだろうか……」

意外にも老人の口から発せられた問い掛けに対し、一同は返答に窮した。

堀場敦乃は今や押しも押されもせぬ人気女流ミステリー作家だ。出す著作はことごとくベストセラーになり、映像化作品も数知れない。昨年、長編映画が日本アカデミー賞を受賞したのも記憶に新しいところだ。直木賞候補にも二、三回はなっていたはず。

その彼女が、ついにミステリーのアカデミー賞と言われるエドガー賞の今年の候補になったというのだから、メディアの盛り上がり様もハンパなかった。

「今、男が書くハードボイルドは売れないが、女が書くハードボイルドはなぜか売れるんだ」と、川田氏が忌々《いまいま》しげに言う。

「僻《ひが》まないでくださいよ」と、慶子さん。

「時代なんでしょうかねえ」と、ぼくは川田氏を真似て言った。

「しかし、そろそろ日本人作家に獲って欲しいところですよね」と、ようやく赤井氏が代表して老人に答えた。

「うむ……」老人は、先ほどの問いに対する答えがそれで充分とばかりに頷き、黙りてきた。

「江戸川《えどがわ》賞って、江戸川……乱歩《らんぽ》賞のこと？」と、さっちゃんがやっと会話に参加し込んだ。

彼女は丸の内のＯＬ、花の独身四十歳。このフレーズを使うと怒られるので本人の前では口には出さないようにしている。本名はさつきだが、未だにちゃん付けが似合う若々しさと華やかさがある。脱色したワンレングスに合わせたか、今日も鮮やかな黄色のワンピース姿だ。

「いや、江戸川じゃなくてカタカナでエドガー、エドガー賞だよ。エドガー・アラン・ポーに因んだ、アメリカのミステリー小説の賞なんだ」と、赤井氏が解説した。

「アランポ……？　それ、江戸川乱歩とかと関係あるの？」

さっちゃんはその界隈《かいわい》には疎《うと》いようだ。ぼくも大して変わらないが。

「あると言えば、広い意味ではあるけれど……」

慶子さんがもどかしげに言う。「日本の乱歩の名前の由来元。〝推理小説の父〟ですよ。世界で初めて推理小説を書いた人」

「ふーん。そのエドガー賞とやらを、なぜ日本人が獲れるの？」

赤井氏が答える。「著作が去年、アメリカで翻訳出版されたからだよ。過去には桐《きり》野夏生《のなつお》や東野圭吾《ひがしのけいご》もノミネートされたことがある。獲ってはいないけどね」

「今回のノミネートは何て作品なの？」

「『幽霊の午餐《ごさん》』だよ……」と、老人が即答した。

「ふーん……知らない」

ぼくもよくは知らない。

「日本では一昨年《おととし》出たやつね」

「あ……また幽霊に戻っちゃった」と、慶子さん。

「英語のタイトルは確か〝The Luncheon Of The Ghost〟だっけ」と、希さんがいい発音で言った。

「ランチョン・オブ・コ﹅ースト？」と、さっちゃん。

「確かに隣でランチもやってますけどね」と、慶子さん。

「幽霊もランチを食べるの？」

「きっと……食べるのさ……」と、老人。

「足音も立てれば、ランチも食べる？――それなら人間と変わらないな。そもそも幽霊って何なんですかね」と、慶子さんが深遠な問いを発した。

ぼくは慶子さんの顔をぼんやり見つめた。黒目がちな大きな双眸《そうぼう》に、天然の長い睫《まつ》毛《げ》が影を落としている。いつまでも見ていられる顔だ……。

「ちょっと慶子ちゃん、蒸し返さないでよ」と、小山さんがうらめしげに睨《にら》む。

つい、ぼくは口を開いた。「幽霊とは何か。それは琥珀《こはく》の中に閉じ込められた昆虫のようなものだ——あ、これはぼくの発明した言葉じゃないですよ。ギレルモ・デル・トロの初期の映画『デビルズ・バックボーン』の中に出てきます」

一同、反応無し。自分でもしまったと思う。

だが赤井氏が引き継いでくれた。「黒沢清《くろさわきよし》の『回路』だと、走って来た幽霊が途中でコケるという描写があった。あれは斬新だったなあ。そこには何も無いのにコケる。つまり、生前のある瞬間をビデオテープのように記録・再生しているのが幽霊というものなのかも知れない、というわけだよ」

「それがデータでもいいわけですよね」と、高橋。

「……」

老人は、常連たちの無駄話に興味を失ったように前を向いてしまった。

「百歩譲って幽霊がそういう霞《かすみ》のようなものだとする。しかし火葬されて目や耳や脳の無くなった彼らは、どうやって見たり聴いたり考えたりできるんだ?」と、川田氏はあくまでもクールに問い掛ける。

「クラウドAIのようなものがあるんじゃないですか」と、高橋。

「誰がそんなものを構築したり保存したりするんだ」

さっちゃんが大胆に口を挟む。「自然に残っちゃうんじゃないかな。地縛霊ってそ

「いつものあのカレシさん、ずいぶん飛んだな……」と、赤井氏が苦笑する。

「地縛霊といえば——」と、慶子さんがさっちゃんに言う。「いつものあのカレシさん、今日は来ないんですか？」

〝あのカレシさん〟というのは、さっちゃんが最近付き合い始めた年下の恋人のことだ。さっちゃんは若い頃に泥沼の離婚劇を経験して以降、逆に男性関係が派手になったと言われている。新恋人は確か三十歳ほどのはず。舞台専門の喜劇役者との触れ込みだ。

「それって〝地縛霊〟とは言わないよ、慶子ちゃん」と、赤井氏がツッコむ。

「そうか、〝呪縛〟とごっちゃになってました」ペロリと赤い舌を出す。

「強いて言うなら〝背後霊〟ですよ……」と、仕事柄、言葉にうるさい高橋が小声でつぶやいた。

やり取りをポカンとしながら聴いていたさっちゃんが、ようやく言った。「——ああ、ヒデ君のこと？　彼ならあと十五分くらいで来るって。芝居の稽古で脚を怪我《けが》したとかで、病院に寄ってるのよ」

「あの子、話が面白いわよね」と、希さんが言う。「かっこいいし」

「でしょ」

「でも、なんか胡散臭《うさんくさ》いんですよねー」慶子さんが歯に衣《きぬ》着せない。

だが、ぼくも慶子さんに同意だ。

「胡散臭いゆーな」と、さっちゃんが口を尖《とが》らかす。

「マダムキラーというやつだ」と、赤井氏。

「誰がマダムだって？」

「でも、お代はいつもさっちゃん持ちじゃないか」と、小山さんが厳しい口調で言った。

「舞台役者はお金が無いのよね～」

「二月のハワイ旅行も全額さっちゃんが払ったんだっけ」と、希さん。

「まあ、あれはあたしから誘ったんだし――」

「もしかして今日の治療代も代わりに払ってくれっていう話じゃないの？」と、赤井氏。

「うん……かもね」さっちゃんも声を落とす。

「それで待ち合わせているのか」

「惚れた弱みだね」と、希さん。

「まあね……」さっちゃんが小さく溜息《ためいき》をついた。

その時、ギイッ！とスイングドアが開いた。噂をすれば――。

「あれ？」と、入って来た若い男性が言った。

後ろからは若い女性。カップルだった。店内に半分身体を入れ、キョロキョロしている。

「こちらはバーです。レストランはお隣ですよ」慶子さんがすぐに察して対応した。

「あ、そうなんだ」

カップルが出て行った。よくあることだった。


カツッカツッカツッカツッ！


不意に二階で音がした。

「えっ」

「お？」

一同、口々に驚きの声を上げ、ゆっくりと上目づかいに天井を見上げた。

「あれが例の足音ですか……」と、高橋がなぜか小声で言う。

彼はこれが初めてだったか。

「先代の幽霊ってこと？」と、さっちゃん。

カツッカツッカツッカツッ！


「あ、また」

「うん」

硬い踵《かかと》の靴で歩いているような音だった。

「やっぱり慶子ちゃんを監視しに来てたんだ」場を和ませるように赤井氏がおどける。

「わたしはマジメにやってますってば」と、慶子さんも調子を合わせるが、声が硬い。

一同しばらく耳を澄ませていたが、もう音は聴こえてこなかった。

「出たね……」

「出ちゃった」と、女性陣が口々に言う。

「ふん……」また不意に隅の席の老人が言った。「幽霊なんかじゃないね……」

「えっ」と、誰かの声。

「では、何だと思います？」と、赤井氏が訊いた。

「時計……柱時計さ……」

「柱時計？」

「二階に柱時計なんてあったのかな……」と、慶子さん。

「慶子ちゃんは知らないの？」と、希さんが訊く。

「ええ。パーティールームはレストランの管轄だから、わたしはまだほとんど入ったことがないんです」

「そういえば……あったね」と、小山さん。「ここのところ物忘れがひどくて」

「やっぱり小山さん知ってたんだ」と、慶子さん。

「痴呆《ちほう》症でも始まったのか」と、川田氏。

「最近は〝認知症〟というんですよ」と、高橋がツッコむ。「〝痴呆〟は字面からして失礼です」

「ふん」

「それって、忘れっぽくなっても昔のことは覚えてるっていうけど」と、希さん。

「人によりますね」高橋が専門家のように答える。

「さて……」と、老人。「コンセンサスは取れたかね……」

一同は黙って次の言葉を待つ。

老人は続けた。「柱時計の……ゼンマイを回す人がいなくなったせいで止まっていたのが……少しだけ残っていたトルクが何かの拍子……振動か気温・湿度の変化などで復活し……振り子がたまに動き出す……。それだけのことさね……」

「お爺《じい》ちゃんが——」そこで慶子さんは言い直した。「つまりうちの祖父がゼンマイ係だったのね」と、慶子さん。

「先代が亡くなって、回す人がいなくなったということか」と、赤井氏。

「幽霊の正体見たり、枯れ尾花」と、川田氏。

「なぜ動いていた頃は気付かなかったのかしら」と、希さんが不思議そうに訊く。

もっともだ。

「当たり前の生活音として、脳が除外していたのさ。──確かナントカという専門用語があったはずだが」と、川田氏。

「ナントカって？」と、希さん。

赤井氏がすかさず言う。「センセも認知大丈夫？」

「ちっ」

「ゼンマイを回す習慣は、先代だけが続けていたのね」と、希さん。

「ということは、先代が時計に乗り移ったとも解釈できるよ」と、赤井氏。

小山さんが顔を顰《しか》める。「やめてよ」

「しかし、なぜ柱時計だってわかったんですか？」慶子さんが老人に訊く。

「やはり音で？」と、高橋。

「時計屋さんだったりして」と、さっちゃん。

「種明かしをするとね……」と、老人は答えた。「わかったのではなく……知っていたのだよ……」

「知っていた……？」と、赤井氏。

老人はグラスの酒を舐《な》めてから語り始めた。「昔……この店に通っていた時期があってね……。こちらのバーテンさんのことも覚えている……」

〝バーテン〟という言い方は、昔の映画やドラマでしか聞いたことが無かったので、ひどく新鮮に感じた。

「おや、そうでしたか？」と、小山さんは今いちピンときていない様子。

「へぇぇ」と、慶子さん。

「そうなんだ」と、希さん。

老人は頷いた。「この端の席にいると……階段伝いに二階の柱時計の振り子の音と時報が聴こえてくる……。時報を合図に……いつも自分の腕時計を確認していたものさ……。ただし……昔と響き方が違っている……。経年変化だとは思うが……何か加工が加えられているのかも知れない……」

「なあんだ」と、さっちゃん。

「にしてもたいした記憶力だ」と言って、赤井氏がまたコースターの裏にラクガキを始めた。

「小山さんも見習わないと」と、慶子さん。

「ひどいよ」と、小山さんが言った。

「じゃあ、わたし、ちょっと行って見てきます」と、慶子さん。「柱時計だってわかっていれば探しやすいし」

レジ横の片扉のスイングドアを開けて、慶子さんがフロアに出てきた。常連たちの後ろを軽やかな身のこなしで通り過ぎ、奥の階段へ向かう。

皆が興味深げに見送る。カウンターに並んだ頭がドミノ倒しのようにパタパタ動く。

「あ、私もお供します」と、高橋が追い駆けた。

「ちょ、まてよ」と、その背中にぼくは思わず言った。

相変わらずお節介なやつである。コラ、慶子さんにあんまりくっつくな！

二階のパーティールームは、ぼくも二回ほど入口付近まで入ったことがある。一階のバーと同じ長方形で、中央に長いテーブルが縦に三卓置かれており、レストランで使う食材の一部や飲料のケースなどが無造作に積まれていた。もう物置である。

ぼくが入ったのは常連たちによるクリスマスパーティーの日だった。二階を使うわけではなく、バーでダンスをするスペースを確保するため、一階の椅子とスツールとテーブルの一部を運び込んだのだ。

パーティーになると客は全員立ち飲みになる。小山さんが『アンチェイン・マイ・ハート』や『シング・シング・シング』といったダンサブルな曲を掛けると、いい歳のオジサン・オバサンたちが踊り狂った。

クラブなどとは縁が無かったぼくだが、踊ることがけっこう楽しいとわかったのはこの店のお陰だ。

今、二階ではゴゾゴソ、ガリガリと音がしている。あの二人は何をしているのだろうか。皆が天井を見上げ、物音に神経を集中させていた。

やがて、三たび例の音がしてきた。今度は止まらず、規則正しく続いている。


カツッカツッカツッカツッカツッカツッカツッカツッ——。


間もなく慶子さんと高橋が階段を降りてきた。

「ビンゴ！だったわ。ありがとうございました」と、慶子さんが老人に頭を下げた。

老人が無言で頷いた。

「ゼンマイをガッツリ巻いておきましたよ」と、高橋が得意顔で言う。

「注意書きによると六〇日に一度巻くタイプらしいです」と、慶子さん。「これからは忘れないようにしなくちゃ」

するとと次は六月末に巻けばいいのか。

「ご苦労さん」と、小山さん。

「でも、なんだか少し音が小さくなったような気がするね」と、赤井氏。

「ほんとだ」と、希さん。

慶子さんが説明する。「古いカーテンレールのせいです」

「カーテンレール？　それがどう関係あるの」と、赤井氏が訊く。

「柱時計に立て掛けてあったんです」

「正確には――」と、高橋が補足した。「壁に立て掛けてあったカーテンレールが、やはり地震か何かの時に倒れて柱時計に寄り掛かったんでしょう。それで振り子の音がカーテンレールによって床板に伝わって、足音のように聴こえていたんだと思います」

「それで最近、急に聴こえるようになったのね……」と、希さん。

「ほらな」と、川田氏。「幽霊でも何でもない」

「やっぱりそうだったんだ……」と、赤井氏。「――でも、今回がそうだからと言って、幽霊はいないとは断言できないよね」

「まだ言う？」と、希さん。

慶子さんは笑いながらカウンターの中へ戻り、高橋は自分のスツールに腰掛けた。

赤井氏が絵の描かれたコースターをカウンターにポンと置いた。白装束のカートゥーン風オバケに〝進入禁止〟の標識。映画『ゴーストバスターズ』のマークだ。

その時、入口のスイングドアがガタガタ！と鳴った。

「今度は何？」と、希さんがビクリとして振り向く。

隅の席の老人も入口に目を向けた。

「お客さんです」と、慶子さん。

が、客はなかなか入ってこない。何やら苦労しているようだ。

入口に近い高橋が立ち上がり、開けてやった。

「すいません」

入って来たのは、ぼくも見覚えがある金髪五分刈りの若い男。

噂のヒデ君だ。

白いパーカーにOD色のカーゴパンツ。右手にアルミ製の松葉杖《まつばづえ》を持って、いかにも歩きづらそうだった。

「ヒデ君！」と、さっちゃんが声を掛けた。

隅の席の老人は興味を失って前を向いてしまった。

常連たちが順番に席をずれて、さっちゃんの隣のスツールを空けた。

「すいません」ヒデ君は礼を言うと、松葉杖をテーブル席の椅子に立て掛けた。

どうせ今日はこれ以上客は来ないだろう。

「遅くなっちゃった。ごめん」と、ヒデ君は言った。

「すっかり日が伸びたねえ。この時間でまだ明るいもんな」

「脚の具合はどう？」と、さっちゃん。

「骨は大丈夫だったんだけどね、膝の靭帯《じんたい》を伸ばしちゃって」と言って、ヒデ君は右膝をさすった。

さっちゃんもヒデ君の右膝を突いてみる。

「いっつ！」と、ヒデ君が飛び上がった。「ひどいや」

「ごめん。——全治どのくらいだって？」

「三ヶ月だって」

「重傷じゃん」

「意外と。毎週通院することになっちゃった。脚も痛いけど、治療費はもっと痛い」

「それはあたしに任せて。早く治すことが先決よ」

「ありがとう」

常連たちが二人の会話に聞き耳を立てているのがわかる。

慶子さんが高橋にそっと囁いた。「みんな耳がダンボになってるわ」

しかし高橋がKYにも答えた。「でも〝耳がダンボ〟っておかしな言葉だよね。だって、ダンボの耳には飛行能力がある。じゃあ同じく飛べるようになったのかって話ですよ。耳が大きいだけならダンボじゃなくてもいいわけで」

「もういいわよ」と、慶子さんがハエを払うような仕草をした。

なぜぼくではないんだ。羨ましいぞ。

「何か飲む？」と、さっちゃんがヒデ君に尋ねた。

「じゃあターキーのダブル、ロックで」

ワイルドターキーは高価なバーボンだ。相変わらず遠慮が無い。

ぼくは目の前の空のグラスを見つめた。

「ターキーは北方謙三《きたかたけんぞう》さんの初期の作品によく出てきますね」と、慶子さんが豆知識を開陳。「書き始めた頃はそれしか銘柄を知らなかったんですって」

「傷に障らないかい？」と、小山さんがバーテンダーとして訊いた。

「少しくらいなら大丈夫だと思います」と、ヒデ君。

「そう？」と、小山さんが計量器で正確に量って氷の入ったグラスに注いだ。

「乾杯」と、ヒデ君とさっちゃんがグラスを合わせた。

「お腹空いちゃったな」と、ヒデ君。「何かつまめる物、ありますかね」

「乾きものなら柿の種・ピーナッツ・チーズ・サラミ・アタリメ・タタミイワシ。あとは鰺《あじ》の南蛮漬け・鰺酢・鰺の干物・鰹《かつお》なまり。それと隣のレストランの定食もできるよ」と、小山さん。

隣のレストランで出す料理は、全てバーでも注文できるようになっている。それがこの店の売りでもある。

「マジすか。何がオススメ？」

「ポークのオイル焼きとか、極辛チキンカレーも美味しいよ。ロールキャベツとセットもできるし」

「じゃあ極辛。ロールキャベツ付けてください」

「キャベツは一貫？　二貫？」

「二貫で」

小山さんが注文を紙片に書き留めると、背部の小窓——レストランに通じている——をスライドさせてそれを置き、「チンチン」とハンドベルを鳴らした。レストラン側のフロア係が紙片を受け取り、地下の厨房《ちゅうぼう》に伝える仕組みだ。

「——いやあ、さっきはトイレでめっちゃまいったよ」と、早速ヒデ君の面白話が始まったようだ。

「どうしたの」と、さっちゃん。

「聴きたい？」

「そりゃあ」

ヒデ君がニヤッと笑った。「洗面台で手を洗う時にね、横に立て掛けた松葉杖が倒れそうになって。慌てて手を出した時に蛇口を遮っちゃって。水が噴水みたいにババーッて広がって、ズボンの前に掛かっちゃった。——あ、マジで。おしっこ漏らしたわけじゃないよ」

「マジか！」

「チンチン」とハンドベルが鳴り、小山さんが後ろを向いて背部の小窓を開け、料理を受け取った。

「はい極辛カレーとロールキャベツ」

「早っ！」

ヒデ君の前にライスの皿とカレーポット・シチュー皿・スプーン・フォーク・紙ナプキンが置かれた。

ここの料理はとにかく早いことでも有名なのだ。

ヒデ君は早速、直接ポットから濃い色のカレーソースをライスにぶちまけた。骨付きチキンが二本、ゴロリと転がり出た。

「で、濡《ぬ》れた所はどうしたの」と、さっちゃんがヒデ君のズボンに視線をやった。

常連たちの会話は止まったままだ。相変わらず聞き耳を立てているのだ。

「仕方が無いから」と、ヒデ君は口をモグモグさせながら続けた。「エアータオルの所に下半身を突き出して、送風で乾かそうとしたんだ」

「マジか！　それって大変だったでしょ！」さっちゃんが大声を上げた。

「めっちゃ大変」

「壁のやつでしょ。届いたの？」

「うん、何度もジャンプしたりしてね」

「脚痛いのに？」

「え、ああ。脚痛いのに」

「あっはっは！　誰かに見られなかった？」

ヒデ君が口内のカレーライスを贅沢にもターキーで喉の奥へ流し込んで言った。「いやもう、見られまくりで」

「あっはっは！　それは恥ずいね！」さっちゃんが手を叩《たた》いて喜んだ。

「めっちゃ恥ずい！　でも、お陰で何とか乾いたし」

「それはよかったね」

カレーライスの全てが胃袋に収まると、ヒデ君は次にロールキャベツシチューに取り掛かった。トロリとした薄黄色のクリームシチューの中央に、大きめのロールキャベツが二つ、沐浴《もくよく》するように鎮座している。

ヒデ君がその一つをスプーンとフォークで半分に切り、まだピンク色の肉の断面をシチューに浸してから口に放り込んだ。

「旨い……」

「でしょ」

レストラン〈コースト〉の名物、ロールキャベツシチューは、先代オーナーの母親、慶子さんの曾《ひい》お婆さんの家庭料理が元だったという。ぼくも食べたことがあるが、塩気強めな濃厚シチューと肉々しいロールキャベツが絶妙のハーモニーを生んでいた。

ヒデ君が咀嚼《そしゃく》しながら言う。「靭帯傷めるわ水掛かるわ……昨日から悪運続きなんだよね」

「え、昨日から？　いったい昨日はどうしたの」

会話は完全にヒデ君のペースだ。

「うん。話せば長いんだけどね……」

ヒデ君が酒をお代わりしてから続けた。「こないだ、劇団の仲間と区役所通りの裏のおでん屋で飲んだんだ。そのうち演劇論の話になってね。二人で熱くなってたら、おでん屋のオヤジが『あんたら役者か。メチャクチャ凄《すご》い幻の芝居のチケットが運よく手に入ったけど、要るかい？』って言うんだよ」

「へえ、メチャクチャ凄いだけじゃなくて幻なんだ」

「そう、幻」

さっちゃんがすかさず言った。「キミのことだからどうせ買ったんでしょ」

ヒデ君がシチューの残りを忙《せわ》しなくスプーンで浚《さら》ってから言った。「それが二万円もするうえ、〝ギャンブルチケット〟だって言うんだ」

「ギャンブルチケット？　それって何」

ぼくも「何？」と思った。

「観に行っても、その日によって開演する時もあれば、しない時もあるんだって」

「何それ。開演しない時は料金どうなるの？　払い戻し？」

「いや、払い戻しはない。だから〝ギャンブルチケット〟だし〝幻〟の芝居なんだ」

「それって、ありえなくない？」

若者言葉を連発するさっちゃんが、ちょっと痛々しい。

「ありえないけど、面白そうだろ。ギャンブル含めて」

「まあ……確かに」

「超レアだというんで、知合いの分も含めて二人で何枚か買ったんだよ。とにかくトライしてみようということになって、昨日二人で観に行ったんだ」

知合いの分というより転売用かも知れないなと、ぼくは思った。

「で、どうだったの」

「芝居小屋は遠くにあるんで、この近くのスバルビル前から直通バスが出てるんだけど――」

「スバルビルか。懐かしい響きだね」小山さんがそう言って、ヒデ君が空にした食器を下げた。

昔は、ロケに行く新人芸能人がスバルビル前で待ち合わせたというのを、ぼくも聞いたことがある。今は解体されて更地になっているから、正確には〝旧スバルビル前〟だろう。

ヒデ君は続けた。「それでバスに揺られること実に三時間」

「三時間も⁉」

「高速使わないから。着いたのが栃木と群馬との県境の山の中でね」

「マジ？　それは遠いわ」

「山だけど開けた所があって、そこに古くて大きな納屋がポツンとあった。それが芝居小屋だというんだ。中は暗くて、ボロいパイプ椅子が並んでいるだけでね。既に十人ほど客が待っていた。そこに座って俺らは延々待たされたんだ」

「うん、それで？」

「それで、二十分ほどして思った。今日はハズレの日だったんじゃないかって」

「まあ、ギャンブルなんだしね」

「仲間にもそう言ったんだけど、そいつはもう少し待ってみると言うんだ。それで、俺ももう十分だけ待ってみたけど、やっぱり何も始まらない。とうとう俺は痺《しび》れを切らして、仲間を置いて納屋を飛び出しちまった」

「え、大丈夫なの？」

「山道を延々下ったら、バスの停留所があった。延々待ったらバスが来た。それにまた延々乗って、着いたのが東武線の館林《たてばやし》駅。東武《とうぶ》伊勢崎《いせさき》線に乗ってやっと地元に帰ってきたというわけ。もう夜中だった」

「ふう……大変だったわね。それで、お仲間はどうなったの？」

「それが――」ヒデ君が勿体《もったい》つけてターキーを一口飲んだ。「今日午前中の稽古にちゃんと来たよ」

「来たんだ」

「うん。――もう少し何か食べ物欲しいな……マスター、チーズもらえます？」

小山さんが頷き、冷蔵庫から箱入りのチーズを取り出した。切れていないタイプだ。波型のナイフで数切れを切ると、パセリの小さな房と共に皿に並べて出す。

しかし波型に切ったチーズって、なぜあんなに美味《おい》しそうなんだろう。

「はいよ」

小山さんは手元に残ったチーズを一切れ口に放り込んだ。これで彼の本日の夕飯は完了なのである。

「――それで、何て言ってた？」と、さっちゃん。

「うん」口をモグモグさせながらヒデ君が言う。「実はあの後すぐ、ちゃんと芝居が始まったって言うんだな。結局アタリの日だったたって。中身も斬新でめちゃめちゃ良かったらしい。二万円が安く感じたくらいだって」

「あちゃー！　早まったね」

ヒデ君が頷く。「早まったわ」

「――でも、チケットはまだあるんでしょ」

「少しあるよ。だからそのうちリベンジしようと思ってるんだ」

「あたしも観たいな。そのチケット売ってよ」

「そう？　じゃあ、これ」

赤井氏と高橋が首を伸ばした。やはり聴いていたのだ。

ぼくも細長い紙片を覗き込んだ。ワープロ打ちの味気ない手製チケットだった。

『夢幻』　××年×月×日　栃木県特設ホール　開場18：30　開演19：00
特別自由席　２０００円（税込）　脚本：炉端愛句　演出：檀家幕見欄

「わたしもそれ、気になるなあ」と、希さん。

「あ、そうすか。まだありますよ」と、ヒデ君がチケットを差し出した。

希さんがテーブルのカバンに手を伸ばした。

「もし……お若いの……」と突然、隅の席の老人が漫画のセリフのように言った。

「は？」

「少々訊いても……よろしいかな……」

「いいっすよ」

「失礼ながら……歳はお幾つかな……」

「とう年取って二十三す！」

いや、ぼくより年下ということはないだろう。

「違うでしょ」と、さっちゃん。

「三十三か……」と、老人はすぐに了解した。

なるほど。ただの古いギャグだった。

「仕事は……何を……？」

「喜劇役者っす。無名ですけど」

「では……ローワン・アトキンソンをご存じだろう……」

ヒデ君は首を傾《かし》げた「いや、不勉強ながらちょっと……」

ぼくは映画ライターというのもあるが、二十代でもローワン・アトキンソンくらいは知っている。三十代の喜劇役者なら知らないはずはなさそうなものだが。

「イギリスの……喜劇役者だよ……」と、老人。

希さんが待ちかねたように言った。「ミスター・ビーンね」

「いかにも。……コメディ番組『Mr.ビーン』の主人公役だ。……本邦では一九九〇年代にNHKで放映されていたから……当時十歳だとしても好きな子供は観ているはず……」

「あたしもビーンなら知ってる」と、さっちゃん。「役者の名前は知らなかったけど」

「十歳の頃は喜劇に目覚めてなかったもんで」と言って、ヒデ君は頭を掻いた。

「なるほど……」と言って口髭を撫《な》で、老人は続けた。「ときに……お宅は新聞を取っているかな……」

ヒデ君は得意げに頷いた。「一応、勉強のために」

「儂《わし》は昔……『讀國新聞』の記者をやっとったんだが……お宅が取っているのは……？」

「そっちではなく……すんません」と、ヒデ君は謝った。

「やはり……築地《つきじ》の方だな……」と、老人は言った。

「築地……？」

老人は元新聞記者だったのか。『讀國新聞』といえば大手だ。

「謝る必要はない……。儂も当然読んどるからな、築地のは……」

「はあ」

「昔……築地の日曜版の投稿欄に……お宅と同じくトイレのエアータオルで……濡れたズボンを乾かしたという体験談が載ったことがある……。それを読んだ時にピンときた……。これは劇場版『Mr.ビーン』の引き写しでないかと……。世の中……承認欲求を満たすためには引き写しも辞さない人間は多い……」

　承認欲求――老人の言うとおり、それはＳＮＳでも顕著だ。引き写しを意味する〝パクツイ〟という言葉もある。

　老人は続けた。「しかし……壁に設置されたエアータオルでズボンを乾かすのは至難の業だ……。だから劇中のビーンもゴミ箱の上に乗って乾かしていた……。投稿ではそれが省略されていたから……お宅はジャンプしたと言った……。それも脚が悪いのにだ……。ビーンを知らないらしいから……例の投稿欄を引き写したのだろう……。いわば引き写しの引き写しだ……。あるいはさらにその引き写しか……」

「いや、それは知らないすね。完全に俺の体験談すから。偶然の一致っすよ」ヒデ君はきっぱり否定した。

「そうか……お前さんがローワン・アトキンソンが好きで……ストレートにビーンを

引き写したと答えたなら……まだ喜劇役者だと信じられたのだがな……」と、老人は言った。

「正真正銘の喜劇役者っすよ」ヒデ君は憮然として言うと、またターキーのお代わりを頼んだ。「マスター、よろしく！」

「まあいい……」

ヒデ君の話の綻《ほころ》びが連続して露《あら》わになる。この老人、やはり只者《ただもの》ではない。

「ときに……お前さんはジャック・フィニイをご存じか……」と言って、老人はヒデ君の顔を上目遣いに見た。

また新たなワードが飛び出した。

ヒデ君は不安げに答えた。「ジャック……？　いや。その人も喜劇役者っすか？」

「アメリカの小説家だ……」

「失礼」と、赤井氏が口を挟んだ。「ミステリー・SF・ファンタジーと、何でもござれの作家だね。確か九〇年代半ばに亡くなったはず」

「はあ。台本は読むけど、小説はあんまり……」と、もっともらしくヒデ君が言う。

赤井氏は続けた。「彼のSF小説『盗まれた街』は何度も映画化されたよね」

「『ボディ・スナッチャー』ですね」と、ぼくは師匠を補足した。

「古いけど、シナトラ主演の映画で『クィーン・メリー号襲撃』というのもあったわ」と、希さん。さすが、名画に詳しい。

フィニイの情報が一通り出揃ったが、ヒデ君は相変わらずポカンとしている。何かを言う代わりにターキーをグビリと飲んだ。

「では……『ダメおやじ』の方か……」老人はボソリと言った。

ヒデ君がギクリとした。今度は何かあったらしい。

「図星だな……」

「話が見えないんですけど……」と、さっちゃん。

「これまた懐かしいタイトルが出てきたなあ。古谷《ふるや》三敏《みつとし》の七〇年代のギャグ漫画ですね。しかしフィニイとどんな関係が……?」と、赤井氏。

「この若いのがさっき話した幻の芝居だが……」と、老人は言った。「あれは体験談なんかではなく……これまた引き写しを元にした作り話ってぇことさ……」

「え、どういうこと?」さっちゃんがポカンとして言った。

「ジャック・フィニイの短編小説『失踪人名簿』か……『ダメおやじ』のエピソードの一つ『蒸発チクワ作戦』か……どちらかが元ネタだと思っていたんだが……どうやら後者のようだ……」

ヒデ君がそっぽを向く。

「何ですか、それ」と、さっちゃん。

老人は無色透明な酒を舐めてから続けた。「どちらの作品も……主人公が〝幻の楽園〟へのチケットを入手するところから物語が始まる……。バスで連れて行かれるところも同じだ……。最後は納屋に入れられたと言うので……フィニイの方かと思ったんだが……冒頭に〝区役所通りのおでん屋〟が出てきたり……チケット代が二万円だったりするので……『ダメおやじ』の可能性もあった……。あれは〝チクワ五本で二万円〟というのが作中の符丁になっていたからな……。タイトルを出してこの若いの顔色を見ていたら……どうやら後者だとわかったのさ……。つまり……全部作り話だ……。実体験だと信じてチケットを買ったら……間違いなく損をする……。〝ギャンブルチケット〟という設定はいわばエクスキューズに違いない……。いっさい芝居を上演していないのを隠すためのな……。実に周到だ……」

「ナルヘソイエペス！」と、赤井氏。

「へえ」と、慶子さん。

でっち上げの芝居小屋も送迎バスも、さらにサクラの客もグルだろう。いや、そんな仕込みすらしていないのかも知れない。とにかくこの男に金を渡さないことが肝要だ。

ドン！

この老人、やはり只者ではない。

「心外だな！　証拠はあるのか。出るとこ出たっていいんだぞ！」と、ヒデ君がカウンターを拳で叩いて大声を張り上げた。

隣のさっちゃんが飛び上がった。

「お客さん！」と、小山さんが制した。

「無論、これらの件に関して証拠は何も無い……。全部儂の想像だ……。しかし……儂の心証としては……お宅は喜劇役者というよりも……生来の嘘《うそ》つきってぇことだ」

「そこまで言われたら、立派な名誉棄損だ！」

老人は言った。「逆に……証拠を見せるのはお宅の方じゃないのかね……」

「何の証拠だよ！」

「お宅は右脚を傷めたと言ったな……。それで松葉杖を一本だけ使っているわけだ……。どうやら骨折ではなく靭帯だと言う……」

「そうさ」

「片方の松葉杖を〝片松葉〟などと言ったりする……。お宅は右手で片松葉をついて入ってきた……」

「右脚を怪我したんだから当たり前だろう」

「それが……当たり前じゃないのさ……」老人は酒で唇を湿らせてから語り始めた。

「片松葉は……傷めた脚とは反対側の手で持つのが医学的な常識なんだ……。本来……傷めた脚を完全に保護するなら松葉杖は二本使う……。片松葉というのは……傷めた脚にも少し負担をかけていい状態……つまりリハビリ段階か寛解状態で使うものだ……。その場合……傷めた脚とは反対の手で持って……そちらにも体重を分散させる……。だから……片松葉を傷めた方の手で持つのは間違いなのだ……。テレビや映画では単に無知なのか……それともわかり易くするためかわからないが……間違った方で演出されている……。お前さんは実際に医者にかかったわけではなく……見よう見まねでやるからこういう間違いをするのだ……。治療費と称してこのお嬢さんから不当に金を巻き上げたかったのだろう……。それも継続的にだ……違うか……」

お嬢さんと呼ばれたさっちゃんが、嬉《うれ》しいような困ったような、複雑な表情をしてヒデ君に言った。「本当は……どうなの？」

「……」

老人は続けた。「今日……本当に医者にかかったのなら……医療明細書や領収証を見せてみろ……」

「あんたに見せる筋合いはない」

「持っていないんだな……」

「家に置いて来た」

「では取って来い……儂はいつまでも待っててやる」

「なんでそこまでやらなきゃならないんだ……」

「やれないなら……お前さんの負けだからだ」

ヒデ君は黙って残りのターキーを一気に飲み干した。

さっちゃんがその横顔を不安げに見ている。

「ふふふ……」と、ヒデ君は笑った。「ははは……」

「どうしたの？」

「この松葉杖は置いてくよ。メルカリにでも出せば一杯分の酒代くらいにはなるだろうよ」

ヒデ君がスツールを蹴って立ち上がった。

「待って！」

さっちゃんの制止を無視して、ヒデ君はしっかりした足取りで歩き出した。スイングドアを叩きつけるようにして開け、店を出て行った。

たぶんもう二度と来ないだろうと、ぼくは思った。

「『ユージュアル・サスペクツ』だな……」と、赤井氏が呟《つぶや》いた。

一同しばし沈黙の後、ほぼ一斉に溜息をついた。

「さっちゃん、大丈夫？」と、希さん。

「……」

「あいつの分は払わなくていいよ」と、小山氏。

「そうよ、さっちゃん」と、慶子さん。

「いえ……そういうわけには」と、さっちゃんが青い顔をして言った。

「では、俺が半分出そう」と、川田氏が珍しく優しい言葉をかけた。

「あいつ、せこいペテンなんかしてないで、レビュー系のユーチューバーにでもなれば稼げるのに」と、赤井氏。

「それにしても、お見事ですね」と、慶子さんが老人に言った。

「〈コースト〉の名探偵誕生！」と、高橋が言った。

「……」

老人は返事をせず、痩せた身体が力無くスツールから滑り落ちた。

「どうしました⁉」赤井氏が急いで駆け寄り、老人を抱えて起こした。

老人の顔の左半分が、溶けたチーズのように垂れ下がっていた。まるで〝ゾンビ〟か〝魔鬼雨〟か〝溶解人間〟のようだ。

「うわっ」高橋が飛び退《しさ》った。

「きゃっ」と、さっちゃんも叫んだ。

「ひっ」と、希さんも固まった。

ぼくも脳裏にある嫌な記憶がフラッシュバックし、同じ様に硬直してしまった。まったく不甲斐ない。赤井師匠、ここはお願いします……。

「半分だけ顔面麻痺《まひ》が出ているな」と、川田氏が覗《のぞ》き込んで言った。「たぶん脳卒中だろう。早く医者に連れて行った方がいい」

「誰か119番を！」と、老人を抱えたまま赤井氏。

「うちから通報します！」と、慶子さんが店の固定電話の受話器を取り上げた。

「右側を下に」と、川田氏。

「了解」と、赤井氏が言った。

「行きたく……ない……」と、老人が微《かす》かな声を発した。

「何ですか？　病院に行かないと！」と、赤井氏。

「あの世へは……行きたく……ない……」

十分ほどして救急車が到着し、老人はストレッチャーで運び出されて行った。

緊張感が一気に解けて、皆ぐったりと言葉少なになっていた。

立て続けにショックを受けたさっちゃんは、救急車が出て行くと同時に青い顔をしたまま店を出た。高橋が心配して送っていった。

「やっぱり救急の人も脳梗塞らしいと言ってたね」と、赤井氏。

川田氏が頷いた。「親父の時とそっくりだった。俺はまだバカなガキだったので、ただ面白がっていた。お袋もピンと来ていなくてしばらく様子を見ていたんだが、ちっとも治らないので病院へ連れて行ったら即入院だ。――数日後、脳幹が詰まって呼吸が止まり、逝《い》ってしまったよ……」

「なんか、山《やま》ちゃんを思い出しちゃった……」と、希さんがポツリと言った。

「彼も頭だったからね」と、赤井氏。

ぼくは〝山ちゃん〟と聞いてある場面を思い出し、再び複雑な思いに囚《とら》われていた。

あまりいい気分ではなかった……。

「あ、思い出した！」と突然、小山さんが言った。

「え、山崎《やまざき》さんを？」と、慶子さん。

「いやいや、あのご老人。――むか〜し、三、四十年くらい前になるかなあ。確かによくうちに来てたよ。あそこの隅の同じ席で、後輩の女性と待ち合わせてね……」

「今頃思い出したんだ……」

「――あの女性も記者さんだったたっけなあ」

「もしかして……不倫？」

「いやいや、今どきの軽薄人間じゃあるまいし、全くそんな感じじゃなかった。厳しい師匠とちょっと生意気な弟子みたいだったよ。よく事件の真相について二人で激しく言い合いしてたね」

「やっぱり、昔のことって覚えているもんだなあ」と、赤井氏。

「ああ、そういえば――」と、慶子さんが手を打った。「あのお爺さんが気にしてたエドガー賞って、どうなったのかな」

「おっと、ゴタゴタで忘れてた」と、赤井氏がスマホを操作した。「もうネットニュースに出てる。――うーん、堀場敦乃は落選だったね」

「それは残念！」

「世界の壁は厚かったということか」と、川田氏。

「誰か、あのお爺さんに知らせてあげられるのかな」と、慶子さん。

「むしろ、知らない方がいいのかもね……」希さんがポツリと言った。

CHASER 01

冬。

夕暮れ時の寂しい墓場。

今にも倒れそうな木から血管の様に伸びた枝に、何羽もの鴉《からす》が止まって、時折カァカァと力なく気味の悪い声を上げている。

ひもじいのだろうか。

その下を、黒い外套《がいとう》の上からでも分かるような、ひょろりとした背格好の男が歩いている。

男は既に墓参を終えたのか、出口の方へと緩《ゆっくり》と向かっている。

何かの気配を感じたのか、男はふと立ち止まった。

やがて徐《おもむろ》に頭を巡らせると、目を凝らして横道の方を眺めた。

そして、吃驚《びっくり》したように後退《あとず》さった――。

BOOZE 02

人間消失

「あのお爺さん、お亡くなりになったんですって……」

ゴールデンウイーク明けの水曜日、六時過ぎ。新宿駅西口のジャズが流れる〈BARコースト〉に、初夏の薫風をまとった常連客が集まってきたのを見計らって、バーテンダー見習いの慶子さんがカウンター越しにそう言った。

「昨日、娘さん夫婦が挨拶に来たんだよ」と、バーテンダーの小山さんが補足した。

丸の内OL、さっちゃんの恋人が詐欺師だと看破した、元常連の老人が倒れて救急搬送されてから一週間が経《た》っていた。この店から通報したということで、親族が直接報告しに来たらしい。老人の家はちゃんとしていたようだ。

「やはり脳梗塞か」と、小説家の川田氏が読んでいた本を置いて訊いた。

「ええ……あの日の深夜ですって」

「ああ、やっぱりダメだったか……」SFイラストレーター兼ライターの赤井氏が無念そうに言った。

救急車が到着するまで、老人の身体を横向きに支え続けたのが彼だった。コースターを裏返すと、持参のサインペンで何やらサラサラと描き始めた。

「そうでしたか……」受験塾講師の最年少、高橋が手の上で小さなネジのような物を転がしながら言った。

彼によれば、あの日送って行ったさっちゃんはひどく気落ちしていたという。そのせいか今日は欠席だ。

川田氏は人差し指を立てた。「きついマルティニをもらうかな」

彼はマティーニのことをなぜか〝マルティニ〟と呼ぶ。

「はい」

「きつい、きつい、きついやつで」と、川田氏が言い添えた。

「例によって出典はチャンドラーですかい」と、赤井氏がツッコむ。

「悪いね。抽斗《ひきだし》が少ないんだ」

「つまり、ジン多めということね」と、小山さんが確認する。

川田氏が黙って頷いた。彼なりの追悼の表明なのかも知れない。何か思うところがあったのだろう。

「マティーニのカクテル言葉は――」と、慶子さんがアンチョコをめくる。「『知的な愛』か……」

「うん」と、高橋が応じた。「常に知的でありたいな……」

小山さんは、ミキシンググラスにボンベイを大量に入れ、ドライベルモットのノイリー・プラットを気持ち加えてから氷を投入、軽く撹拌《かくはん》し、浅くて口広のグラスにななみと注いだ。オリーブの塩漬けにステンレスのピックを刺してグラスに落とす。

そのピックはぼくが昨年、南口の東急ハンズで調達してきたものだ。もちろん領収証を切ってもらって。

　というのも、これまで小山さんはずっと爪楊枝《つまようじ》を使っていたのだが、畏れ多くも「オシャレではないなあ」と思っていたぼくは、ある時、意を決して金属製の物を提案してみたところ、お遣いを頼まれたのだった。

〈コースト〉六〇年の歴史にぼくが関与した瞬間である。大げさか。

「どうぞ。少し飲んで」と、シェイカーを持ったまま小山さんが言った。

　例によって川田氏が口から行く。少し減ったところに、小山さんが注ぎ足す。いわば超ドライだ。ほとんどジンの味しかしないのではないか。

　赤井氏と高橋はI.W.ハーパーのダブルをロックで頼んだ。

「ちゃんと水も飲みなさいね」と、小山さんが高橋の前にチェイサーを置いた。

「あのお爺さん……せっかく『名探偵登場!』だと思ったのになあ」と、最近ミステリーづいている慶子さんが残念がる。

「慶子ちゃん、悼み方がおかしいよ」と、小山さんが窘《たしな》めた。

「でも、確かに只者じゃなかったよなあ」と言って、赤井氏が絵の描かれたコースターを翳《かざ》した。

　そこには、白い口髭を生やしたあの老人の似顔絵が描かれていた。

「あ、似てる」と、慶子さん。

「もっとお話を聞きたかったわねえ。ご冥福を……」と、元大使館員の希さんは言った。

男性陣はだいたいいつも同じような服装だが、希さんは偶然にもシックな黒っぽいロングカーディガンを着ていた。

「ご冥福って……キリスト教徒だったかも知れませんよ。あるいは神道とか」と、高橋がまたKYなことを言う。

元大使館員で海外経験豊富な希さんが敢《あ》えて〝ご冥福〟という言葉を選んでいるのだから、要らぬツッコミだと思うのだが。

「中東の一神教の人々が祈ってくれた時も、そうツッコむ勇気はお前さんにあるのか？」と、川田氏が高橋に言った。「そもそも、そこに拘《こだわ》る必要はないと思うね。各人の信じる神仏に託して祈ればいい」

逆に神も仏も信じていない川田氏らしい意見だった。ただし、前半部分はちょっと脅し臭いと思ったが……。

「はあ」

「まあまあ。〝献杯〟なら万国共通だろう」と言って、赤井氏が老人の似顔絵に向けてグラスを軽く掲げた。「献杯……」

各人、自分のグラスを持ち上げて小さく唱和した。

しかし、ぼくは皆の心持ちとは少し違っていた。心から悼む気にはなれない。といって、決してぼくが冷たい人間だからというわけではない。

理由があるのだ。

先ほどからぼくの目には、カウンターの隅の席に座る件《くだん》の老人の姿が見えているのである。

先日の服装のまま、真っ直ぐ前を向き、カウンターの向こう側の薄闇をじっと見つめていた。

全体的に解像度の低いデジタル画像のようだった。もちろんピクセルアートのように角々しているというわけではない。身体は半分透きとおっていて、奥の柱が見えていた。

座っている姿勢ではあるが、スツールの上に少し浮いていた。重力の影響を受けていないのは明らかだ。座る必要はないが、そうしていたいということなのだろう。気持ちはわかる。

つまり、今や老人は霊的な存在——幽霊なのである。

どうやら老人が見えているのは、店内ではぼくだけで、他の誰も彼の存在に言及する者はいなかった。

こんなことは初めてだったが、不思議なことに恐怖はまったく感じなかった。しかしなぜ、ぼくにこのような現象が起きたのか。いつぞやのとある〝体験〟と何か関係があるのかも知れないが、それは思い出したくない記憶だった。

　老人の幽霊がこの店に現れた理由もわからない。先日いきなり来店したことと何か関連があるのだろうか。やはり〝地縛霊〟の一種で、この店に未練があるのかも知れない。

　しかし、それはどんな未練だろう……。

　老人がふと振り向いた。顔の左半分が、倒れたあの日のように溶けたチーズのごとく垂れ下がっていた。マティーニを飲む川田氏を見て、ゾンビのような顔を顰める。生前に口にしていた『カクテルってぇのはな、ハレの日に飲むもんなんだよ』と言っているかのようだった。

　その時ついと、老人が僕の方を見た。ぼくは驚いて固まり、目を見張ったが、老人も同じように驚いているようだった。ぼくに見られていることに気付いたらしい。まずいことにならなければいいが、と思った。

　口をパクパクさせて、ぼくに何かを話し掛けていたようだが、声は聴こえてこない。返答できずにいると、やがて老人は諦め、目を細めてニヤリと笑うと、頭を戻し、前方の薄闇に目を凝らす作業を続行した。

　ぼくは老人の存在を皆に教えるべきかどうか少し逡巡《しゅんじゅん》したが、二階の足音の謎が解決したばかりの今、幽霊を怖がる人もいる中で敢えて再び騒動を引き起こすのも得策ではないと考え、黙っていることにした。

そもそも幽霊の存在を伝える術《すべ》も無い。どうやって皆に、見えないものについて教えればいいのだろう。


「名探偵かはともかく――この店には既に探偵小説家がいるじゃないか」と、赤井氏は半ば茶化すように言った。

川田氏がキャメルの紫煙を吐いた。「俺は名探偵にも絵解きにも興味はないよ」

「そう言うと思った。センセはマーロウが一番なんでしょう?」

川田氏はマティーニを啜ってから答えた。「確かに〝マーロウもの〟は偏愛しているが、ハードボイルド型の探偵として必ずしもベストというわけではない。俺が惚れているのはチャンドラーの文体の方だよ。あの回りくどい比喩としつこい描写力と意味も無く混ぜっ返すような会話表現を身に付けたいと、常々思っているんだがね。――『絵は解くものではなく、描くもの』なんだ」

「最後のは誰の名言ですかい?」

「俺のさ」

ぼくは、LAの探偵フィリップ・マーロウが活躍するレイモンド・チャンドラーの小説は何度かチャレンジしているものの、読了したことがない。まさに川田氏の言うような絢爛《けんらん》豪華な比喩と抒情《じょじょう》的な描写に溢《あふ》れているものの、逆にそのせいでなかなか本筋が頭に入ってこないのだ。

ある評論によれば、抒情的なミステリーというより、主流文学にミステリーの要素を少し加えただけの作品に過ぎないという。ぼくはハンフリー・ボガート主演の映画化作品もいくつか観ているが、やはり二十代の男には取っ付きにくかった。

「日本のチャンドラーといえば原尞《はらりょう》さんになるんですかね」と、慶子さんが訊いた。

川田氏が顎を撫でて言う。「いい線行っているが、彼の作品はマーロウもののストレートなパロディという印象が強い。──チャンドラーの文体というか方法論をジャパナイズして完全に自分の道具にしているのは、矢作俊彦《やはぎとしひこ》だと俺は思う」

「すみません。知りません……」と、慶子さんが申し訳なさそうに言う。

「彼はマーロウものが、チャンドラーがもともと持っていた詩作の才能とダシール・ハメットのスタイルを合成したものだと看破している。彼自身もはっきりマーロウもののパロディだと称して『マンハッタン・オプ』シリーズを書いているが、全部ひっくるめて〝ハードボイルド探偵小説〟とは呼ばずに〝徘徊《はいかい》インタビュー小説〟と呼んでいたな」

「俳諧……インタビュー……？」

「慶子ちゃん、俳句の方の〝俳諧〟を想像しただろう」と、赤井氏。

「違うんですか？　詩作と聞いたもので……」

「ロンドンで学んだアイルランド系アメリカ人が俳句を解するとは思えない」と、川田氏。

「徘徊老人の〝徘徊〟だよ」と、赤井氏。

「例が酷《ひど》過ぎる」と、川田氏。

「ああ、そっち？」

川田氏は頷いた。「あちらこちら歩き回って、人に会いまくって話を訊く。つまりインタビューだ。そうして手掛かりを集め、やがて真実に辿《たど》り着く――探偵に限らず、そもそも捜査というのはそういうものだ。ところが俺の作品の探偵に対して、推理をしないで歩いてばかりいるなどという頓珍漢《とんちんかん》な感想を全世界に向けて発信している未熟者が多数いる」

「世間はいわゆる本格ミステリーの〝名探偵〟を求めているんですよ。探偵は動かなければ動かないほどいいんだ」と、赤井氏が言った。

「安楽死がどうとかいうやつか」

「わざと間違えていませんか」と、慶子さんがツッコむ。

「〝本格〟のパズル性やゲーム性に飽きた人々がハードボイルドに流れた時代があっ

たけど、もう読者層が入れ替わって、今や〝本格〟がメインストリームになっているんですよ」と、赤井氏。

川田氏がマティーニを啜ってから言った。「取って付けたような殺人事件が起きて、記号みたいな脇役たちが見当外れ丸出しな推理をひとしきり垂れ流してページ数を稼いだ後、奇行だらけの素っ頓狂な探偵役が最後だけ急に大真面目になって真実を言い当てて、クサイ決めゼリフを言うやつだろう。――そういうのは俺が若い頃はイロモノ扱いだったんだがな」

「センセ、それを言っちゃあ、おしめーよ」赤井氏が両の掌《てのひら》を上に上げてみせる。

「今はゲーム世代がメインユーザーになったということですか」と、高橋。

「そういうことかも知れないね」と、赤井氏。

高橋がさらに言う。「でも、あちこち徘徊してアイテムをゲットして次のステージへ行く〝アドベンチャーゲーム〟が好きなら、ハードボイルド探偵ものも好きになるんじゃないんですかねえ」

「きっと、ゲームでやり過ぎてて飽きているのかもね。わざわざ文章で読むのが面倒臭いとか」

「その他には、叙述トリックとかドンデン返しといった手品めいたのがウケているらしいな」と、川田氏。

赤井氏が川田氏を指差す。「ちゃんと市場調査ができているじゃないですか。センセもたまにはそういうのを書いてみては？　気分も変わると思うけどなあ」

川田氏がふんと鼻を鳴らしてマティーニを飲み干し、小山さんに言う。「『危険な関係のブルース』をよろしく」

「はいよ」

曲のリクエストだった。間もなくトランペットとサックスの、サスペンスフルな音色が印象的なジャズが店内を満たした。

「こんばんわぁ」と、中年男性がスイングドアを開けて入って来た。

知らない顔だった。年の頃は五十歳前後。ごま塩の角刈りでガッシリした体格。ライトブルーのジャケットにダブダブのジーンズと白いスニーカー。手には『ゲッタウエイ』でスティーブ・マックィーンが持っていたような小型のバッグを提げている。

アクセントから関西の人だとわかった。

その時、隅の席にいる老人の幽霊が入口の方を見ているのがわかった。が、すぐに興味を失ったように顔を前方に戻した。

「いらっしゃいませ〜」と、慶子さん。「荷物はそちらのテーブルにどうぞ」

関西人がバッグを置いてから、希さんの隣のスツールに座った。

「何にしましょう」と、小山さんがコースターを置く。

「ナマチュウちょうだい」と、関西人が言った。

「うちは瓶だけなんです。キリン・アサヒ・サッポロ――」

「ほな、キリン」と、食い気味に言う。「あと何かアテになるもんちょうだい」

「乾きものなら柿の種・ピーナッツ・チーズ・サラミ・アタリメ・タタミイワシ。あとは鯵の南蛮漬け・鯵酢・鯵の干物・鰹なまり。それと隣のレストランの定食もできます」

「ほな、タタミイワシ」

「はい」

冷蔵庫を開け閉めする音がしてから、汗をかいた瓶ビールとグラスが関西人の前に置かれた。

慶子さんがタタミイワシをカウンター裏のコンロで炙《あぶ》り始めた。

「ええ匂い」と、希さん。

関西人が手酌で注いでから、瓶の口を小山さんに向けた。「どや、大将も一杯」

「いや、アタシは飲まないいんです」

「おや、ホンマですか」

そうなのだ。小山さんの口癖は「酒は売るもんであって、飲むもんじゃない」で、仕事中はアルコールの類《たぐい》を一切口にしない。

と言いつつ、十一時半に仕事が終わって地元の中野《なかの》坂上《さかうえ》に帰ると、深夜遅くまでやっている小料理屋でしこたま飲んで、カラオケで得意の演歌を披露したりする。ぼくも付き合いで連れて行かれ、朝帰りしたことが二、三回はある。

タタミイワシの皿と醤油《しょうゆ》瓶を受け取った関西人は、グラスを一気に呷《あお》ると溜息を一つついた。

大阪出身の希さんが訊いた。「旦那さん、関西の方ですか」

「ああ、大阪の堺《さかい》です」

「これは奇遇、わたしもですねん。ひょっとしてご旅行ですか」

今日の希さんは店に来た時点でそこそこ酔っていた。そのせいなのか、相手に合わせて大阪弁が出てしまったらしい。完全に関西アクセントになっている。

「いえね、娘を捜しに来よったんですわ」と、関西人が答えた。「——ああ僕、坂東《ばんどう》申します」

坂東と名乗った男は、名を名乗るのが娘を捜す親の資格だと心得ている風だった。

「娘さんをね……。ああ、申し遅れましたが、わたし額田《ぬかだ》と申します」と、希さんも苗字を名乗った。

「娘は家出してもうたんですわ。手掛かりを辿ってゴールデン街ゆうんですか、そこへ行ったら、ちょうど通りを歩いているのを見掛けたんで、声を掛けたら逃げられてもうてね」

希さんが坂東氏のグラスにビールを注いだ。「それは難儀なことで」

「そんで、娘が逃げ込んだと思た店に入ってみたんやけど、中には娘の影も形も無かったちゅうわけですねん。店内でアレコレさんざん粘ったんやけど、収穫なしで。周辺もさんざん回ったんやけど、疲れて諦めて帰ってきたちゅうわけで。宿がこの近くなもんでね、ちょうど前通り掛かって、こちらええ感じのお店やったんで一見さんで寄らしてもろたわけです」

「……しかしケッタイやねえ」

坂東と名乗った男はタタミイワシに醤油を掛けた。一枚つまんでパリッと齧《かじ》る。

「エライ香ばしいな」

家出した娘を追い掛けて来たというこの男の話を、額面どおり受け取ってもいいものだろうか。先だっての自称役者の件もあったので、ぼくは必要以上に疑《うたぐ》り深くなっていた。

虐待親父が逃げた娘を追跡している可能性、あるいは虐待親父に雇われた探偵が追跡している可能性は捨て切れないのだ。

「家出とおっしゃいましたね」と、赤井氏が口を挟んだ。「娘さんはお幾つで？」

彼もぼくと同様、坂東氏に疑いの眼差《まなざ》しを向けているのだろうか。

坂東氏は言い難そうに口にした。「……二十歳です」

「立派な大人じゃないですか。もうあなたには保護責任はないでしょう」

「……言わはる通りやけど、やっぱり心配なもんでね」

「気持ちは分かりますが……」と、赤井氏がハーパーを舐める。「──そもそもゴールデン街だという手掛かりはどこで？」

「ああ、これですわ」と言って、坂東氏はジャケットのポケットから厚紙を小さく畳んだ物を取り出すと、カウンターに置いた。

赤井氏が手に取って開く。

紙マッチだった。一本も使われてはいない。赤と金色のインクで人物のモノクロ写真が印刷されており、中央に〈Hungry Humphrey〉とある。

字面を見ると、確かに新宿ゴールデン街を所在地とする呑《の》み屋のものであるとわかる。

ゴールデン街は、〈コースト〉とは新宿駅を挟んで反対側の歌舞伎《かぶき》町にある。戦後の闇市が起源のバラック造りの長屋が密集し、そこで三〇〇店近くの小さな飲食店が商売をしている。昔から作家、映画・演劇人、マスコミ関係者等が集い、文化の発信地としても知られている。

ぼくも何度か訪れたことがあるが、その熱気と猥雑《わいざつ》さと慌しさに当てられてばかりだった。ぼくには、〈コースト〉のようなのんびりした店の方が合っている。

「〈Hungry Humphrey〉なら知っている。俺の敬愛するボギーのポートレートやスチルが飾ってある店だ」と、川田氏。

なるほど、そのハンフリーか。紙マッチに目を凝らすと、刷られた人物写真は確かにハンフリー・ボガートのようである。

「どこでこれを？」と、赤井氏がさらに訊いた。

「娘の部屋ですわ」坂東氏が事も無げに言う。

常連たちの顔色がさっと変わる音がした――気がした。

「ありえない」と、ぼくは言った。

「ありえへん」と、希さんも言った。

「それって……プライバシーの侵害では？」と、高橋。

高橋には珍しく、ナイスツッコミだ。

「娘が家出したんや。それどころやあらへんでしょう」坂東氏が言い返す。

「家出と思ってはるのはお父さんだけで、娘さんはちゃうんやないですか」希さんの口調が強くなった。

川田氏も言う。「娘さんにとって、あんたが良い父親ではなかった可能性は無いかね」

　ガタン！

　坂東氏が音を立ててグラスを置き、スツールから腰を浮かせた。

「虐待やって言いたいんか！」

「心当たりでもあるんですか」と、赤井氏。

「なんやここは！　警察か！　自分らポリ公《こ》か！」

「すみません！」と、すかさず慶子さんが詫《わ》びた。「うちはミステリー好きなお客さんが多いもので……」

〝ミステリー好き〟というのは慶子さんらしい方便だと思うが、ぼくに異論はなかった。あの川田氏も特に反対する素振りは見せない。

　小山氏も頭を下げた。「すいませんねえ」

「ミ、ミステリーて……」

　坂東氏が憮然《ぶぜん》としてスツールにストンと腰を戻し、内ポケットから小さなピンクの封筒を取り出した。

　中の便箋を抜くと、ガサガサと広げてカウンターの上に置き、折り目を伸ばすように上からバンバンと叩いた。端に水滴が滲《し》みるのも構っていなかった。

「娘の置手紙や」

そこには、若い女性らしい小さな丸っこい字で短い文章が綴《つづ》られていた。常連たちが遠慮がちに首を伸ばして覗き込む。

お父さんへ
今まで男手ひとつで久美《くみ》を育ててくれてありがとう。感謝してもしきれません。
久美はこれから夢を追いかけてみます。恩返しは出世払いにさせてください。
どうか心配しないで。お父さんも急がないと嫁のきてがなくなるZO！　久美

家出といえば家出、そうでもないといえばそうでもなさそうな文面だった。久美という署名が本当なら、少なくとも坂東氏は悪い父親ではなかったらしい。

偽装を疑うこともできるが、彼がそこまでする必要はないように思えた。それこそ警察が相手ならともかく、ぼくらを欺く意味がない。

「ほいでこれが娘や」ぼくの疑念を感じ取ったかのように、坂東氏はスマホを操作して画面を皆に見せた。「六年前のな」

やや黒髪の比率が多かった頃の坂東氏と、中学生くらいの娘のツーショット写真だった。いや、仏壇の遺影の前だから正確にはスリーショットになるだろうか。

虐待の父親が娘を押さえつけて無理やり撮ったという風には見えなかった。屈託な

く微笑《ほほえ》む娘は坂東氏にはあまり似ておらず、長い黒髪と透きとおるような白い肌と繊細そうな可憐《かれん》さを持ち合わせていた。

「なるほど」と、川田氏は頭を下げた。「良い父親ではないと言ったのは謝ります」

「久美さんといいはるの？　ええ娘さんやないですか」と、希さん。

「父子家庭だったんですね……」と、慶子さん。

　ぼくと同じだ。

「若いのに『感謝してもしきれません』と書けるのがいいですね」と、自分も若いはずの高橋が言った。

　手紙といえば慶子さん、ぼくのあの手紙、どうしたでせうね？

「嫁はんは――あの子が十歳の時に病死しましてね。癌《がん》ですわ」と、坂東氏は手紙を大事そうに仕舞いながら言った。「僕、母親の分まで頑張ってきたつもりやけど、過干渉やったんかなあ。はよ婿もろて家業継げぇ言い過ぎたんかなあ……」

　文字通り浪花《なにわ》節の世界だなあと、ぼくは思った。

　坂東氏の娘の置手紙を見たことで、常連たちは俄然《がぜん》、彼に肩入れをしたくなったようだ。ぼくもまあ同様である。坂東氏にとって不可解なことがあるなら、なんとか解決してあげたい。

　ただし娘の行方に関しては、これからの話次第だとは思う。

「家業て？」と、希さんが訊いた。

「爺さまの代から続く工務店ですわ」

坂東氏の持つガテン系の雰囲気に納得した。

「最後の文にカギがあるんじゃないすか」と、赤井氏。「つまり――お父さんに再婚してもらうには、コブ付きを解消しなくてはならない。しかし放っておくといつまで経っても子離れしない。だから強引に家を出た……」

「なるほど」と、ぼくは言った。

「きっとそれですよ」と、高橋も同意する。

「せやろか。その気ぃはないんやけどなあ。娘の成長だけが生き甲斐やった」

「もう充分に成長したのでは。それは手紙が物語っている」と、川田氏。

赤井氏が頷いた。「夢を追い駆けて独り立ちしようと言うんだからなあ」

坂東氏がビールを手酌した。グビリと飲み、また溜息をつく。

「ところで、その夢いうんはどんな夢なんです？」と、希さんが訊いた。

当然の質問だった。それが一番のカギだ。

「いやそれが……何度も訊いたことはあるんやけど、いっつも秘密や言うて教えてくれへんのです」

「夢、ねえ……」と、赤井氏。「しかし大阪の子がなんで新宿ゴールデン街の紙マッチを?」

「そらまあ、東京の街に憧れてましたからなあ。連休なんか旅行と称してよう来てたようですわ」

「しかし、ゴールデン街に入り浸るような夢とは……」

「有名人と知り合う」と、高橋。

「バーのママになる」と、希さん。

「そう、自分のお店を持ちたいのかなあ」と、慶子さん。

赤井氏が頷く。「まあ、そんなところだよね……」

「夢とかではなく、誰かに騙《だま》された可能性も考慮すべきでは」川田氏がクールに言い放った。

「ホストにはまって〝売掛金〟に苦しんで……」と、高橋がそれに乗る。

「大阪から新宿のホストクラブにはそないに通えんでしょう」と、坂東氏。

「たまの上京で一気に金を使うとか」

「ううむ……やっぱり、あの子らしくないですわ」

川田氏が更に言う。「そもそも売掛金を返すために安いゴールデン街で働いても、とうてい追っつかない。むしろ――」

「センセ、その先は言わなくていいよ」と、赤井氏が機先を制した。

高橋が訊く。「久美さんが消えた店は、例の紙マッチの店だったんですか」

「ええと、確か〈Hungry Humphrey〉といったっけ」と、赤井氏。

「いや、そことは違う店やった。確か――〝思う〟に道路の〝路〟で〈思路《しろ》〉やったかな」

「なぜ違う店に？」

「わからへん」と、両の掌を上に向ける。

「単に行き付けの店が複数あるということだろう」と、川田氏。

赤井氏が頷く。「久美さんの部屋には紙マッチの他にショップカードなど、他にあったのでは」

「かも知れまへん。一応、遠慮しながら探したもんで、見つけたのはそれしか……」

「ガサ、一応遠慮はしはったんや」と、希さん。

希さんの口から〝ガサ〟という言葉が出てくるとは。

「そらまあ……。やけど二十歳になったばかりの娘です。そないに飲むとは……」

「分かりませんよぉ」と、慶子さんがいたずらっぽく言う。

何か心当たりでもあるのだろうか。

「僕も嫁もあんまり飲まれへん方なんですわ」

「なるほど……」

「まあ、飲むだけがゴールデン街というわけでなし」と、赤井氏。「——そっちの〈Hungry Humphrey〉には行ってみたんですか」

「もちろん。二階の店で、思ったより広かったな。さっきの写真を見して、けぇへんかったですかと訊いたんやけどね、知らんと」

「あそこの店主が簡単に口を割るとは思えない」と、川田氏がギャング映画のように言う。

「ところで、〈思路〉の出入口は一つでした?」と、希さん。

これも基本的な質問だった。

「一つやね。裏の通用口は無し」

「トイレの中は……もちろん捜しはったんでしょうね」

「そらもちろん。個室一つで、窓もあらへんから逃げも隠れもでけへん」

「なるほど……」

「トイレ借りるだけやったら悪い思て、ナマチュウを一杯頼んだんよ」

「店主には訊いてみはったんですか?」

「それももちろん。三十そこそこのマスターにも若い客らにも訊いたんやけど、誰も娘を見んかったて言うんや」

「──そんなような映画を観たことがあるなあ。『ハードコアの夜』だったか」と、赤井氏。

「ジョージ・C・スコット」と、すかさずぼくは言った。

七〇年代のハリウッド映画で、ぼくの好きな『タクシードライバー』の脚本家、ポール・シュレイダーの監督作だ。スコット扮《ふん》する田舎出の中年主人公が失踪した娘を都会で捜すのだが、なんと娘はハードコア・ポルノの業界にどっぷり浸かっていたという──。

しかし今、その内容を話すのは不適切だろう。

「へえ。それはどないな話やろか」と、やはり坂東氏が訊いた。

「いや、知らない方が──」と、慌ててぼくは言った。

「わたしもそれ観たけど……知らん方がええと思う」と、希さんも言う。

赤井氏もようやく気付いて言った。「確かに。知ったら不愉快になると思うので、やめておきましょう」

ぼくの師匠もたまにそそっかしい時がある。

「へえ、そうなん？」

「うーん、これはミステリーですねえ……」と、改めて慶子さんは言った。

「トイレは汲取《くみとり》式ではなかった？」と、小山さんがグラスを拭きながら訊いた。

「やめてーな。今どきそんなんあらへんわ、小山さん。第一、娘さんがそんなとこ入るわけないやん」と、大阪弁のまま希さんが返した。

「そりゃそうだ」と、赤井氏。

「でも、こないだテレビドラマでそういうのやってたよ」と、小山さんは食い下がる。

「ああ――『VIVANT』ね。あれはモンゴルあたりを舞台にしてたんじゃないの」と、慶子さん。

ぼくも思い出したが、この話題も引っ張らない方がいいだろう。

「和式やったけど、もちろん水洗やね」と、坂東氏が生真面目《きまじめ》に答えた。

「秘密の抜け道があったとか」と、慶子さん。

「なんで飲み屋にそんなのがあるの。忍者屋敷じゃあるまいし」と、小山さん。

赤井氏が小山さんを指差す。「まさに〝どんでん返し〟のような」

「うーん、抜け道、でっか。あないな狭い店に……」

「あるいは天井裏に隠れたとか。もちろん、脚立か梯子《はしご》を使って。またはカウンターに乗っかって、ということもありえます」と、高橋。

「それこそ忍者やあるまいし。運動音痴なうちの娘ごときがあんな短時間では無理やわ」

「ゴールデン街の建物は天井裏も狭そうですねえ。むしろそこはもう二階では」と、慶子さん。

　ぼくの数少ないゴールデン街の思い出でも、まさにそんな感じだったように思う。

「考え方を変えてみましょう」と、赤井氏。「坂東さんが入る瞬間、入れ替わりに出て行った人はいなかったですか？　久美さんが他人の上着を羽織り、顔も隠して出て行ったとか。――人は入る場合は店内に注意が向くから、意外と気が付かないことがあります」

「意外な盲点ですね」と、ぼくは言った。

　何かのアクション映画で似たシーンを見たことがある。主人公が追っ手から走って逃げていたが、途中から逆に追っ手の方に向かってゆっくり歩き出したら、気付かれずにすれ違って逃げおおせたというものがあった。もちろん顔はバレていない前提だ。

「いやあ、用心しながら入ったから、気付けへんちゅうことはあらへんと思うけどなあ。それに久美なら分からへんはずはあれへん。僕は親父《おやじ》ですよ」

「別のタイミングでも、変装した久美さんが店を出て行ったということはないですか」と、慶子さん。

「僕のいた間は誰も出て行かんかったよ。変装して店内に居座っとったとしても僕にバレます。一人一人しっかり見ましたから」

「シンプルに、カウンターの裏に隠れていたとか」

坂東氏は頷いた。「さりげなく覗いてみたけど、それもあらへんようやった。それに、僕小一時間おったけど、その間ずうっとしゃがんでるのはしんどくて無理やと思うわ」

「最初からお店に入っていないということは？」と、慶子さん。「つまり——そのお店に入ったように目に映っただけ、ということは？」

「どゆこと？」

「うーんと……例えば、ドアが鏡張りかガラス張りになっていて、ちょっと開いた時に角度が付いて、向かいのお店に入っていく娘さんが映ってしまったとか」

「あっ、それはビンゴかも知れないよ」と、赤井氏が膝を打つ。「——車に乗っていてよくあるんだ。夜、沿道のショーウインドウのガラスに自分の車のライトが映って、対向車や右左折の車がいるように錯覚してヒヤッとすることがある。〝007《ダブルオーセブン》〟でもそういうシーンがあったよ」

「あ、〝ゴールドフィンガー〟ですね」と、ぼくはすかさず言った。

映画『007/ゴールドフィンガー』で、アストン・マーティンを駆るジェームズ・ボンドが鏡のトリックに——偶然だが——騙されて事故を起こすシーンだ。

坂東氏は顎を撫でる。「いやあ、確かその店のドアは鏡とかガラスやなかったはずやけどなあ……」

「両サイドの店はどうでしたか」

「それも違《ちご》たと思うんやけど……」

「要確認ということか」

「いえ」と、スマホを見ていた高橋が声を上げた。「やっぱりその説はないですね。〈BAR思路〉で画像検索してみたんですが、入口の木製のドアにはごく小さなガラス窓があるだけだし、両サイドの店も似たり寄ったりです」

皆が高橋のスマホを回し見した。ぼくも見たが、彼の言うとおりだった。

「確かに……」

「そもそもですが――」と、言い難《にく》そうに慶子さん。「そもそも見掛けたのが人違いだったということは……」

「人違い……ううむ……改めてそう言われると、ちょっとグラグラしてきましたなあ……」坂東氏は後頭部を掻き毟《むし》った。「――そやけど、僕の声で振り向いて慌てて走って逃げたんやし……」

「単に不審者だと思ったのかも」

坂東氏はかぶりを振る。「久美て呼んだら弾《はじ》かれたように走り出したんやし、僕やと分かっとるはずやけど」

「〝走って逃げた〟ねえ……」と、赤井氏。「しかしなぜ逃げたんだろう。お父さんに見つかったなら、何かしら釈明をするんじゃないかな」

「たぶん、急いでいたんじゃないですか。約束の時間が迫っていて、絶対に遅刻できないとか」

さすが、慶子さん。いい指摘だと思う。

「既に遅刻気味で、かなり焦っていたかも知れませんね」ぼくはつい補足してしまった。

「なるほどね……」と、赤井氏。「しかし何の約束だろう」

「普通に考えたら、知合いとの待ち合わせですかねえ」と、慶子さん。

「有名人と」と、また高橋が言う。

「有名人が好きだな」と、赤井氏がツッコむ。

「ふわ〜、わからへん。考え過ぎてしんどいわ」と、希さんが早くもお手上げのポーズを取り、ゴブレットのビールをガブリと飲むと、カウンターに突っ伏《つぶ》してしまった。

皆、押し黙ってしまった。それぞれの飲み物に口を付ける。

ぼくは前に置かれた空のグラスをただ見つめるだけだった。

「ええと――」不意に慶子さんが言った。「シャーロック・ホームズの名言にもありますよね。『全てのありえないことを取り除いていけば、最後に残ったものがどんなにありそうにないことでも真実だ』って。つまり、今まで出てきた中で〝ありそうにない〟ことをもう一度確認すればいいんじゃないかしら」

「言ってる意味がわからないよ」と、小山さん。

「〝ありえないこと〟と〝ありそうにないこと〟か……」と、赤井氏。

「〝ありえない〟って原語では何て言ってるんですか」と、高橋が訊く。

「確か〝impossible〟ね」

「〝ありそうにない〟は？」

「〝improbable〟だったかと」

「〝impossible〟は――」と、言葉にうるさい高橋の講釈が始まった。「〝論理的に不可能〟〝厳然たる無理〟という意味だけど、〝ありえない〟という言葉を当てはめると最近の若い子は解《わか》らないかもですね」

「どういうこと？」と、慶子さんが訊き返す。

「最近は簡単に〝ありえない〟と言うじゃないですか。既に起きてしまったことに対しても〝ありえない〟なんて。そもそも未来予測を表す言葉で且《か》つ否定を意味している言葉です。〝えない〟は未然形の〝え〟と打消の助動詞の〝ない〟がくっ付いたもの。つまり、起こるはずがないことを示しています。だから、もう起きてしまっていることに対して使うのは文法的におかしい。――〝unbelievable〟つまり〝信じられない〟ならわかるんですけどね」

〝ありえない〟ならぼくもよく使う。耳が痛い。それより、流れが本題からだいぶ離れてしまった。

「〝信じらんな～い〟は八〇年代にみんな連発してたな。あれはあれで鬱陶しかったけど。『お前が信じられなくても事実は事実なんだよ！』って言いたくなったよ」と、赤井氏が懐かしそうに言う。

高橋が続けた。「一方、〝improbable〟はそんなに〝厳密な無理〟ではなく、〝無理っぽい〟〝起こりそうにない〟という程度です。なので、〝ありうる〟んですよ」

「結局──娘はどないなりました？」と言って、坂東氏が鼻の頭を掻いた。

やっと本題に戻された。

高橋が我に返ったように咳払《せきばら》いをした。「──まず、人間が消えるのは不可能ですね」

「いや、それはわかっとるんやけど」

高橋は続けた。「カウンターの裏に小一時間隠れ続けるのも不可能。いや、物理的には可能だけど現実的には無理。天井裏に隠れるのも不可能。お父さんが見破れないような変装をするのも不可能。鏡のトリックも不可能。──これで全部だったかな……」

「ボットン便所じゃないので便器の中に隠れるのも不可能」と、小山氏。

「もうええて」と、ツッコむ慶子さん。

「娘はどこ行ったんやろか……」と言って、坂東氏が頭を抱えた。


その時だ。

ぼくは隅の席にいる老人の幽霊がふわっと浮き上がるのに気が付いた。

老人の輪郭が崩れ、意志のある煙のような物に変わった。しかし川田氏が吐き出すタバコの煙などとはまったく異質なものだ。

それがフワフワと漂い、カウンターに突っ伏している希さんの身体を靄《もや》のように包み込んでから、そのままフィルムの逆再生のように体内に吸い込まれてしまった……。

ぼくは「ああっ」と小声で叫んだが、誰も気付かない。

これが〝憑依《ひょうい》〟？

やがて突っ伏したままの希さんが、くぐもった声でゆっくり語り始めた。

『……ぐう……全ての……ありえないことを……取り除いて……いけば……最後に……残ったものが……どんなに……ありそうにない……ことでも……真実だ……という……やつを……もう一度……考え直して……みたまえ……』

標準語に戻っていた。しかも女性らしさが無くなった。完全にあの老人の口調だ。

老人が希さんの口を借りて自分の考えを話している――？

これが〝イタコ状態〟というやつなのか？　わからない。

高橋がツッコむ。「いや、それはもう充分に考えましたが……」

「希さん……なんか声色が変わってないか？」と、赤井氏が不思議そうに言う。

「酔っぱらっているんだよ」と、小山さんがつまらなそうに言う。

『……一つ……忘れている……』と、希さん＝老人霊は続けた。

「何かありましたか」と、高橋。

『……なんで……飲み屋に……秘密の……抜け道が……あるのか……忍者屋敷じゃ……あるまいしと……誰か言っていた……』

「ああ、アタシだね」と、小山さん。

「忍者屋敷をコンセプトにした店ということか」と、赤井氏。

「いや」と、坂東氏は即答した。「あの店はそんな感じじゃあらへんかった。もっとハイカラな――」

希さん＝老人霊は続けた。『……忍者屋敷……でなくても……抜け道が……あるかも……知れない……ではないか……。ありそうにも……ないけれど……全くないとは……言い切れない……』

「そりゃ、まあ」と、赤井氏。

「しかし何のために抜け道が？」と、高橋。

「大家の家賃催促や、借金取りから逃げるためとかですかね」と、慶子さん。

高橋がツッコむ。「一時的に逃げたってしょうがないですよ」

「映画なら、地下通路を使って国境を越え、密入国するところなんだけど……」と、赤井氏。

「または〝地下鉄道〟への入口……」と、ぼくもまた無駄口を叩いてしまった。

一九世紀アメリカの黒人奴隷の逃亡を助ける秘密組織――転じてそれが本当に鉄道だったらという架空の設定を基にしたテレビドラマを思い出したのだ。

『……結果的に……抜け道に……なっただけ……だろう……』と、希さん＝老人霊がゆっくりながらキッパリと言い切った。

「つまり、本来は抜け道でないと？」と、赤井氏が訊く。

『……店の……どこかを……押してみろ……。押して……ダメなら……引いてみろ……』

「どこかって？」

『……』

「それは壁ですか。やはり天井とか」と、高橋が訊く。

『……』

「希さん……？」

「また寝ちゃったか」

希さん＝老人霊はそれっきり沈黙してしまった。

その時、希さんの黒い身体から小龍包《しょうろんぽう》の湯気のような白い物が立ち上り、ひとまとまりになった。そして、あの隅の席までフワフワと漂って行った。

やがてそれが形を作り、老人の姿に戻った。透けて見えるのは以前と同じだ。

「希さんの話にも一理ある」と、赤井氏が口を開いた。「なぜ呑み屋に抜け道があるのかわからないが、もしあるとしたら、そこにいた全員がグルだろうね。久美さんの居所を知っていて隠しているわけだから」

「ということは」川田氏がボソリと言った。「娘さんの逃走が、ある時点から自主的ではなくなった可能性も視野に入れた方がいいのでは」

「またセンセは不穏なことを。グルとは言ったけど、さすがにそこまでじゃないんじゃないか」と、赤井氏。

「もう少し簡単に言ってくれないかなあ」と、小山さん。

「逃げてたはずが、途中で拉致されたということでしょ」と、慶子さん。「——確かに犯罪の匂いもしますね」

「人身売買とか……?」と、高橋。

再び頭を抱える坂東氏。「どないしたらええんやろう」

「いや、久美さんが抵抗していたなら、それほど短時間の人間消失は無理ですよ」と、赤井氏が慰める。

「せやろか」

「私、まだそれほどアルコール入れてないんで、ひとっ走り行って〈思路〉を見て来ましょうか？」と、高橋が殊勝にも言い出した。

見ればハーパーはグラスにかなり残っている。

「え、お酒は？」と小山さんが訊く。

「そのままでいいです。氷も解けるままにしておいてください。水割りのつもりで飲みますから」

パシリは以前ならぼくの役目だったが、高橋が常連になってからは最年少の座を明け渡したので、彼が率先してやってくれるようになった。まるで学校の部活である。

今回のパシリは少々長距離ではあるのだが。

「ホンマでっか？」と、坂東氏。

「ホンマです」と、高橋も関西弁。

「ほんならお願いできまっしゃろか」

「了解です」高橋は警官がやるような〝挙手注目の敬礼〟をした。

「無理するなよ」と、ぼくは言った。

「気を付けて！」と、慶子さん。

「おうよ！」高橋が元気よく飛び出していった。


きっかり四十分後。

「ただいま！」と言いながら、高橋がスイングドアを勢いよく開けて飛び込んできた。ぜいぜいと息を弾ませている。

常連たちが振り向くと同時に、隅の席の老人の幽霊が振り向くのにぼくは気が付いた。彼も高橋に注目しているようだ。きっと首尾が気になるのだろう。

「はい、これ」と、慶子さんがタイミングよくアイスウォーターを差し出した。

高橋は受け取り、ゴクゴクと喉を鳴らして呑み干した。

ぼくは、慶子さんに労《ねぎら》われている高橋を羨ましく思ってしまった。おのれ。

高橋は元いた席に腰を下ろした。「ふう」

「ほんまおおきに！——どやった？」と、坂東氏。

「結論から言いますと——」と、高橋は一拍置いた。「抜け道、確かにありました！」

「おお！」と、一同どよめく。

「やっぱりあったのかい⁉」と、赤井氏。

「どこに？」

「トイレです」

老人の幽霊がニヤリと笑うのがわかった。

「ええ、トイレに……？」と、坂東氏が半信半疑で訊く。「あのちまい個室に抜け道なんかあったんかいな」

「どゆこと？」と言いながら、慶子さんがアイスウォーターのお代わりを差し出す。

高橋は続けた。「〈思路〉はカウンターのみのバーでした。六、七人座れる感じでしたね。私はひとまずビールを頼み、店内を観察しました。確かに壁には第二の出入口の様な物は見当たりません。ドアの類もありません。天井にもフタの様な物はありませんでした。カウンターの中は狭く、マスターの他に人が入ればギュウギュウです」

高橋は塾講師だけあって、さすがにしゃべりは達者だ。

「で、トイレはどうした」と、川田氏が急《せ》かす。「親父殿がお待ちかねだ」

「いやいや、ごゆっくり」と、坂東氏。

小山さんが、高橋の飲み掛けのグラスを冷蔵庫から出し、ラップを外して新しい氷を入れ、ハーパーを少し追加した。

「順番に話しますね」高橋はハーパーを一口啜ってから言った。「――私はビールを半分ほど飲んでからさりげなくトイレを探しました。が、〈思路〉のトイレは一見して場所が分かりません。マスターに訊くと、客の後ろにある引き戸がトイレの入口だと言います。開き戸だとスペースが無いからです」

「確かにそやった」

「中に入ると壁に囲まれた半畳ほどの待機スペースがあり、左側にあるドアを開けると和式の水洗トイレが一つだけありました。坂東さんのおっしゃる通り、窓はありませんでした。戸棚の類もありません。板だけの簡単な棚があって、予備のトイレットペーパーが積んでありました」

「うん。ほんで？」

高橋は、またアイスウォーターを一口飲み、続けた。「問題は待機スペースです。右側、つまり個室のドアの対向にも、もう一つドアがあったんです」

「ホンマかいな⁉　ただの壁にしか見えへんかったで」

常連たちもどよめいた。

「そうです。壁に偽装してあったんですよ。よく見ると、端に輪にした紐《ひも》が垂れていました。どうやらそれが引く時の取っ手らしいんです」

「そんな物《もん》が⁉　で、開けたんやな」

高橋は頷いた。「ドアを押すと、ラッチがカチリと鳴って開きました。その向こうは——赤い照明の妖《あや》しげなバーだったんです」

また一同どよめく。

「秘密の地下バー出現か⁉」と、赤井氏。

「いえ、秘密でも地下でも何でもなく、単にお隣の店でした」

「あは」と、慶子さんが気の抜けた声を出した。

「へえ」と、坂東氏。

「私は『あ、間違えましたあ』と平謝りし、すぐに例の紐を引っ張ってドアを閉じました。つまり、トイレは隣の店と共同だったんです」

「共同トイレ⁉」と、誰かが繰り返した。

共同トイレなら、目立つ所に独立して設置されているのが普通だ。オープンタイプの店舗が並ぶ西口の〈思い出横丁〉がそうである。二軒の店でシェアしているのは初めて聞いた。

高橋が頷く。「〈思路〉の間取りにはトイレは無く、隣の店の間取りに組み込まれているようでした。よく見たら、〈思路〉側の引き戸の内側も壁に偽装してあることに気が付きました」

「そんなことてあるんや……」

「後で分かったんですが、お隣とは二軒長屋になっていたんです。いや、正確には裏手の二軒とも繋《つな》がっており、上から見れば〝田〟の字の形をした四軒長屋で、平屋でした。大家も同じなんでしょう」

「ふむ。ゴールデン街は色んな造りの店舗があるからなあ」と、赤井氏。

「娘さんはそれを知っていて利用した……」と、慶子さん。

赤井氏が腕を組む。「しかし、なぜトイレのドアが壁に偽装されていたんだろう」

「それはわかりません……」と、高橋。

「そこを訊いて来ないと」と、小山さん。

「そんなに露骨に嗅ぎ回れないでしょ」と、慶子さん。

「また謎やなあ……」

「あ！」と、慶子さんが声を上げた。「もしかしたら〈思路〉のお客さんが、個室がもう一つあるんだと勘違いして、ドアを開けないように隠してあるんじゃないかしら。店のお客じゃない人がパカパカ開けたら鬱陶しいし紛らわしいでしょ。そしてお隣さんも同じ理由でそうしている……」

「ああそうか！」と、高橋。

「それや！」

「ナルヘソイエペス！」と言って、赤井氏が膝を叩いた。

さすがは慶子さん、店側の視点を持っているがゆえの推理だ。

ぼくが老人の幽霊に目を向けると、音も立てずにゆっくり手を打っている。

「つまり、〈思路〉と隣の店は両方とも娘さんの行き付けの店で、どちらの店主も客も協力して、娘さんを逃がしてやったということか」と、赤井氏がまとめた。

「慶子ちゃん、凄いじゃないか。高《たか》ちゃんもでかした」と、小山氏。

「でも、さすがに娘さんのことは訊けなかったんでしょう?」と、慶子さん。

高橋は頷いた。「そうなんですよ……」

「よっしゃ!」と、坂東氏が言った。「そうとわかれば、これからまた店に乗り込んでみますわ。あのマスター、絞めたりますわ。どうもありがとさん!」

坂東氏が会計のために内ポケットから黒い長財布を取り出した。それがまるで拳銃のように見えた。

「いや、揉《も》め事は避けましょう」と、赤井氏が止める。「娘さんが迷惑しますよ」

小山さんも加勢する「カラクリが色々分かったところで、ここは満足しましょうや」

「そうですよ」と、慶子さん。

「落ち着いてください」と、ぼくも言った。

「撃っていいのは、撃たれる覚悟のある奴だけだ、と言いますぜ」と、川田氏が言った。

これも止めていると解釈していいのだろうか。

〈BARコースト〉の面々は、今や坂東氏の娘の側に立っている。

「うぐう」と、坂東氏は一つ呻《うめ》いた。

「ちょっと待ってください」と、高橋が言った。「報告には続きがあります」

「続き?」と、皆が口々に呟いた。

「私がトイレから〈思路〉の店内に戻ると、なんといきなり照明が派手なものに変わっていて、ミラーボールまで回っていたんです。そして狭いカウンターの中にお立ち台が置かれ、その上にはゴスロリ・ファッションに身を包んだ見知らぬアイドルが立っていたんですよ。彼女の名は――〝サディスティック・クミ・バンドー〟でした」

クミ・バンドー＝坂東久美。坂東氏の娘である。

どこかで聞いたようなステージネームだし、ちょっと語呂も悪いが、本名が巧みに織り込まれている。どうやらSMファッションでなかったことに、ぼくは他人事ながらほっとした。

「それって、娘さん?」と、慶子さん。

「えっ」言われてやっと気付いたのか、坂東氏が絶句した。

「そうです。彼女は地下アイドルだったんです」

「地下アイドルて?」

「えーと、インディーズの小規模アイドルというか、まだセミプロのアイドルというか……。今日はゴールデン街の有志の店を回って、デビュー告知のためミニライブをしていそうです。私が行った時間帯は、ちょうど〈思路〉での出番だったんですね」

「娘さんの夢というのは、アイドルになることだったのか……」と、赤井氏。「親には言いづらいのかも知れないな」

　高橋は続けた。「たぶん、通りでお父さんに見つかった時は別の店での出番直前で、着替えの準備とかもあって遅れるわけにはいかなかったんでしょうね。だって話し合いが始まったら揉めるのは必至でしょう。それで走って逃げたんだと思います」

　赤井氏が引き継ぐ。「で、顔馴染みだった〈思路〉と隣の店の共同トイレの構造を思い出して、逃走に利用した。店主と客にわけを話して――たぶん、ストーカーに追われているなどと言って――トイレに逃げ込む。使用中でも問題無かったでしょう。待機スペースから隣の店に入って、そこでもわけを話して少し店内で待たせてもらう。〈思路〉の店主とスマホでメッセージのやり取りをして、お父さんが店内に留まっていることを確認し、久美さんは隣の店を出て目的の店に駆け付ける――」

「きっとその後も、うまく各店と連絡を取り合いながらお父さんを躱《かわ》しつつ、ミニ・ライブ・ツアーをこなしていったんですね」と、慶子さん。

「この件では〈Hungry Humphrey〉が存外、暗躍したかも知れない。あそこには情報を集約できるようになっている」と、川田氏。

　赤井氏が言った。「坂東さん、娘さんは守られていますよ」

「うぐう」と、また一つ坂東氏が呻いた。

「高橋さん、ライブの様子はどうだったの?」と、慶子さんが訊いた。

「はっきり言って、めちゃめちゃウケてましたよ。既に熱狂的なファンが付いているみたい」

「それは立派だね」と、小山さん。

「慶子さんには悪いけど、個人的にもいいと思ったなあ」

「わたしは関係ないでしょ」

高橋は慶子さんから久美さんに乗り換えそうな勢いだ。朗報である。

もはや坂東氏は「うぐう」としか言わなくなった。

「坂東さん引いてます?」と、慶子さん。「でも娘さんの夢、いいじゃないですか」

続いて小山さんが言った。「……アタシも四十年前、演歌歌手になるため熊本から出て来たんですけどね。結局夢は叶わず、今はしがないバーテンやってますが、いっときでも夢を見れたのはよかったと思ってるんですよ。――娘さん、これからどうなるかわかりませんが、今しばらくは挑戦を続けさせてやったらいいんじゃないんでしょうかねえ」

実体験だけに、重みのある言葉だった。

人生、やりたいことはやっておくべきだと、ぼくも思う。

「婿をもらうのはもう少し待ってやってください」と、赤井氏が言った。

「なんなら私が監視を続けましょうか」と、高橋が言った。「まあ〝推し活〟のことなんですけどね。定期的に久美さんの状況を報告しますよ。坂東さんの名刺か何かを頂けませんか」

「うーむ、まいった！　降参や！」坂東氏が財布から工務店の名刺を一枚抜いて差し出した。

どうやら高橋は本当に〝サディスティック・クミ・バンドー〟にハマってしまったらしい。とはいえ、住所を知ったからといって高橋がアイドルの実家を〝自宅凸〟することはないだろう。

坂東氏は立ち上がった。「ほな、僕は東京ラーメンでも食うて宿に戻りますわ……」

「坂東さん」と、小山さんがその背に声を掛けた。

「何です？」

「アタシャ十一時に仕事が終わるんですが……日本酒でも一杯どうですか。中野坂上という所にいい店があるんですよ」

「ほう……。ほな、十一時にまたここに伺いますわ」

小山さんが頷いた。「待ってます」

「わかった。ほな」

坂東氏が店を出て行った直後、希さんが目を覚ました。

「あら、わたし寝てたみたいやわ。——坂東さんの件はどうなったんやろ」

「解決したので、たった今お帰りになりましたよ」と、慶子さん。

希さんはマイ・ゴブレットに残った気の抜けたビールを一口飲んだ。

「ああそう。それはよかったわね」標準語に戻った。

「え？　さっき話していなかったかい」と、小山さん。

希さんは天井を仰ぐ。「ええ、途中までは覚えているけど……」

「どのあたりまで？」

「娘さんが走って逃げた理由がわからへんというところ」

「これまたずいぶん巻き戻したね」と、赤井さん。

「希さんが解決のヒントを出して、高橋さんがお店を見に行ったじゃないですか」と、慶子さんが言う。

「そうなの？　そこは全然覚えてない。——なんかお爺さんの夢を見ていたような……」

ぼくは希さんに、老人の幽霊が乗り移ったことを伝えるべきだろうかと考えたが、すぐに考えを改めた。もし知ったら気味悪がるだろうし、そもそも信じないだろう。

ぼくはカウンターの隅の席に目をやった。
老人の幽霊がぼくに向かってニヤリと笑い、親指を立てた。

CHASER 02

男の視線の先。
石畳の上に蹲《うずくま》る黒い影があった。
それは、見窄《みすぼ》らしい身形《みなり》の一人の老婆だった。
足には靴も靴下も無い。すっかり裸足《はだし》だった。
男が声を掛けると、老婆が少しずつ振り向いた。
窶《やつ》れた色の悪い顔に、ざんばら髪。
男は緩と老婆に近寄り、話し掛けた。
何処《どこ》から来て、此処《ここ》で何をしているのかと。
老婆は二つ三つ言葉を発した。だが、まるで問い掛けの答えになっていない。
男は肩を竦《すく》めた。
こんな所にいたら風邪を引きますよと云《い》い、老婆に手を差し伸べた――。

BOOZE
03

定義

「ありがとう」

受験塾講師の高橋が、I.W.ハーパーのダブルのオン・ザ・ロックを受け取って言った。

六月、雨の水曜日、五時半。新宿駅西口のジャズが流れる〈BARコースト〉の店内の照明が落とされ、宮大工が施工したという瀟洒な内装が雰囲気を増した。隣接するレストラン本体と連動するカフェタイムが終わり、バータイムになったのだ。

冷房が入れられており、外扉は閉められている。店内からは外の雨音は聴こえない。床に残った水分が雨の気配を伝えるのみだ。

「高ちゃん、もうボトルが空になっちゃったよ」と、バーテンダーの小山さんが言った。

「じゃあ……もう一本入れてください」

「はいよ」と、小山さんが白いマーカーで新しいボトルに高橋の名前を書きながら言う。「するとこれで十本目だから、オマケでもう一本ね」

「え、やった!」

〈BARコースト〉ではボトルキープ十本を達成すると、同じボトルを一本オマケしてくれるというシステムになっている。常連になって一年少しの高橋は、なかなかの好ペースと言えるだろう。ぼくにはとても真似できない。

「高橋さん、はいどうぞ」と、慶子さんが細長い紙片を高橋に手渡す。

ボトルキープ1本券（無期限）西新宿ＢＡＲコースト

「ありがとう」高橋は恭《うやうや》しく受け取り、サイフに大事そうにしまった。「慶子さんから贈呈されると余計に嬉しいです」

「まあ、おおげさ」慶子さんが苦笑した。

「そういえば――」と、小山さんが言う。「坂東さんの娘さんの追っかけって、まだやってるの？」

坂東さんの娘さんとは、地下アイドルの〝サディスティック・クミ・バンドー〟のことだ。

「〝推し活〟ね、続けてますよ」と、高橋。「でも、慶子さんは別腹です」

「何よそれ」

何だよそれ。欲張りか。

他にも常連たちの何人かが既に来ていたが、ぼくの師匠であり店一番のムードメーカーである赤井氏はイラストの締切で仕事場に籠もっており、当分出て来られないという。

いつか聞いた話では、強化防護服《パワードスーツ》でゾンビと戦うSFホラー小説の挿絵とかで、対ゾンビ用パワードスーツ三種類のメカ設定込みだということだった。久々の大仕事だとホクホク顔で語っていたのを思い出す。人物もメカもクリーチャーも描ける赤井氏なら、ドンピシャの人選だとぼくも思った。その仕事が佳境を迎えているらしい。見せてもらうのが楽しみだ。

ゾンビといえば――ぼくはカウンターの隅の席に目を向けた。

やはり今日もあの老人の幽霊が座っている。いつものように、じっとカウンターの奥の薄暗がりを見つめていた。

相変わらず恐怖は感じない。老人はぼくに見られていると気付いていたが、特に接触してくるということはなかった。

「〝ありがとう〟って、いい言葉よね」と、梅雨空《つゆぞら》に抵抗するかのような、どピンクのサマーセーターを着た丸の内OLのさっちゃんが言う。

いつぞやのゴタゴタをすっかり忘れてしまったかのように、屈託の無い表情だ。

「はい」と、高橋は答えた。「でも不思議な言葉ですよ」

「ん？　なんで」

「〝有り難い〟つまり〝滅多に無い〟という状態を述べることによって、感謝の意味になっているんですからね。――なんでも仏教の教説から派生した言葉らしいんですが」

さっちゃんが首を傾げる。「要するに〝貴重なことだ〟というわけ？」

「そう。〝あなたから貴重な行為を受けました〟と相手に宣言しているんです」

「回りくどいけど、それで感謝の気持ちなのね」

高橋がハーパーを舐めてから続けた。「感謝といえば、最近、『感謝しかない』『感謝しかありません』って言う人が増えましたよね。しかも公式な場などで。あれ、回りくどいのとは逆だけど感心できないなあ」

「回りくどいのとは逆って？」

「簡単にし過ぎ、という意味です」

「そうかなあ」さっちゃんはカクテルのメニュー表を眺めながら生返事をした。

「俺もそれは気になっていたな」読んでいた本を閉じ、タンカレーのギムレットを啜って、小説家の川田氏が言った。

「ですよね」

「え、何がいけないんですか」と、バーテンダー見習いの慶子さんがカウンターの向こうから訊いた。

いつもの白いシャツにジーンズ、黒い帆前掛けだ。

「慶子さんも気にならないのかあ～。ちょっと幻滅」高橋が自分のおでこをピシャリとやる。

「勝手に幻滅しないでよ」と、漫画のキャラのようにふくれる慶子さん。

美人はふくれても美人だなと、ぼくは思った。

「説明しますとね――」と、高橋が講釈を始めた。「まず〝感謝〟というのは最高レベルの肯定的な感情表現であり、つまり相手に対して深くお礼を言っている状態なわけですよ」

「まあ、そうよね」と、慶子さん。

「一方〝何々しかない〟は、選択肢の中で最低レベルに相当する物、〝残り物感〟〝不承不承〟というネガティブなニュアンスを持っている。よく『これしかないのかよ～』って不満を述べる時に使うでしょう」

「そうね」

「その意味のまま『感謝しかない』って言ったら、『他に何もないからとりあえず感謝するかあ』になってしまうじゃないですか。それは感謝する対象に対して失礼だ」

「まあ、そう言われれば……」と言いながら、慶子さんは「くっふ」と欠伸《あくび》を嚙《か》み殺した。

「え、なになに?」と、さっちゃんが呑み込めていない。

川田氏が引き取った。「普通は『感謝の念に堪えません』とか『感謝してもし切れませんʼʼと言うべきだし、以前はきちんとそう言っていたはずだ。なぜ最近は言わなくなったのか」

「まあ……正直、長くて面倒ですよね」と言いながら、慶子さんがとうとう「ふぁ～」と大欠伸をした。

「うん、長いわ」と、さっちゃんが若者側に加わる。

「それ」と、高橋が慶子さんを指差す。「言葉の〝省エネ〟なんすよ。何でも略すし。時短とか、タイパとか言うし。ファスト映画で済ますし。これだから若いやつってのは……」

「ぷっ」と、思わずぼくは噴いた。

自分も若者のはずの高橋が言うのが相変わらず可笑《おか》しい。

慶子さんがまだ欠伸を繰り返している。

「慶子ちゃん、失礼だよ」と、バーテンダーの小山さん。

「すみません。夕べはレポート書いてて徹夜だったもので」

慶子さんは現役大学院生なので、そういうこともあるだろう。

ぼくも原稿の締切に追われて完徹したことが何度もある。提出して即寝られればいいが、締切が連続している場合は辛《つら》かった。

「大丈夫なの？」

「たぶん……」

「別に、略すのはいいんじゃない？　通じれば。ねえ、慶子ちゃん」と、さっちゃん。

同意を求められた慶子さんは、しかし半目になってコクコクと頷くだけだった。

「あーあ。小山さん、モスコ」と、さっちゃんが飲み物を注文した。

「はいよ」

「〝モスコミュール〟ね。これも略しちゃダメですよ」と、高橋がすかさず訂正する。

確かに、このカクテル名の特徴はロシア語でラバを意味する〝ミュール〟の部分にあると聞く。強いウオッカがベースということで、ラバのキック力を表現しているらしい。

高橋はいつかも、日本人の外来語の省略の仕方にも戴《いただ》けないものが多いと言っていたことがある。ソーイングマシンが単にマシン転じて〝ミシン〟になり、モーターバイクが単に二輪車の意の〝バイク〟になり、リップスティックが唇でしかない〝リップ〟になり、スーパーマーケットがただの形容詞〝スーパー〟になったと嘆いていた。

文脈で判別できるだろうという意見もある。しかしぼくも、略語に感じるある種の気持ち悪さは感覚としてはわかる。洋画の字幕スーパーインポーズを〝字幕スーパー〟、またはさらに短く〝スーパー〟と呼ぶことに、違和感を覚えていた時期があった。とはいえ、英語に弱いぼくは〝スーパー〟そのものには助けられたのだが。

小山さんはいつものロンググラスに氷を入れ、スミノフブラックを注いだ。この店では小洒落た銅製マグカップなどは使わない。ウイルキンソンの辛いジンジャーエールを無造作に流し込み、生搾りライム汁をぶっ掛けて軽くステアして終わり。さっちゃんの前にスッと置かれた。

さっちゃんが一口飲んで言った。「辛っ」

隅の席の老人がさっちゃんを見て、半分ゾンビのような顔を顰めていた。先日のように『カクテルってぇのはな、ハレの日に飲むもんなんだよ』と言っているようだった。

確かに今日はハレどころか雨である。

「慶子ちゃん、モスコのカクテル言葉って？」と、さっちゃんが訊いた。

「え……」と、慶子さんが目を開ける。

「カクテル言葉よ」

「あ、はい！」慶子さんが慌ててアンチョコをめくる。「えーと――『ケンカしたらその日のうちに仲直り』だそうです」

「そんなわけには行かないわよねえ……」と、さっちゃんが小さくボソリ。

やはり例のヒデ君とは縁を切ったらしい。

高橋が話を戻す。「百歩譲って略語や省略表現はいいとしても、しっかり気持ちを伝えるべき時は略してはいけないんですよ。省略形の感謝では感謝したことにならない。要はTPOの問題です」

「まあ」と、川田氏が続けた。「理由は省エネだけではないな。彼らは極端な言葉を使えば使うほどいいと思い込んでいるフシがある。最終的に百八十度違う意味の言葉を使ってまで強調しようとする。つまりネガティブな言葉だ。――例えば、本来〝ヤバイ〟は不都合な場合に使うが、チンピラどもを中心に事物を称揚する言葉として使われるようになった。かれこれ三十年ほど耳にしているが、俺は未だに慣れない。本来の意味ももちろん健在だから、紛らわしいことこの上ない」

今日の川田氏は珍しく口数が多い。どうやらお好みのテーマだったらしい。

隅の席の老人も何やら興味深げに傾聴しているように見える。

高橋が頷いて言った。「今ではインフレが進んで〝エグイ〟とか〝エゲツない〟まで褒め言葉になってますよ」

「本当かね」川田氏が顔を顰める。

「そうそう。あと〝クソかっこいい〟とか〝クソ強い〟とか〝クソかわいい〟もあるわね」と、さっちゃん。

「乙女がクソクソ言っちゃあよくないよ」と、小山さん。

さっちゃんが舌を出す。「そのくらい言うわよ。ねえ、慶子ちゃん」

また同意を求められた慶子さんだが、今やカウンターの裏でうつらうつらと舟を漕《こ》ぎ始めていた。

高橋が代わりに答える。「たまに聞きますね。しかし〝クソ〟は糞《ふん》、つまり排泄《はいせつ》物であって、肯定的な意味は微塵《みじん》も無いですよねえ。どうしても極端に言いたいのかなあ」

「恐らく〝クソかっこいい〟は英語の〝damn cool〟とか〝fuckin' cool〟の直訳ではないのか。アチラは極端な表現のスラングが多いからな」と、川田氏。

「極端なのは、ストリート文化特有なんじゃないですか」

「そうかもな」と言って、川田氏が店内を見回した。「――英語が得意な希さんが来れば色々訊けるんだが……」

「そういえば今日は希さんがまだ来ていない……」と、高橋。

「希さんも今日は来ないよ、雨だから」と、小山さん。

「ああそうか」

シンプルな理由だった。引退して通勤の必要が無くなれば、雨の日にわざわざ外出したくない気持ちはよくわかる。フリーランスのぼくもそうだった。もちろん所用があれば仕方なく出掛けたが。

「希さんがそんな下品な言葉、知ってても口にするわけないじゃない。なにしろ元大使館員よ」と、さっちゃん。

「それはともかく――」と、川田氏は続けた。「〝何々しかない〟も、ネガティブな表現による強調の意味もあるのだろう。俺の若い頃は〝やるしかない〟転じて『やるっきゃない』なんて言葉も流行《はや》った。あれは一種の気合いだったのかも知れないな」

「土井《どい》たか子《こ》さんだね」と、小山さん。

その名前には微《かす》かな記憶しかない。確か有名な政治家だったはず。・瞬間、隅の席の老人が少し反応したように見えた。老人にとっても聞き覚えのある名前なのだろう。

「川田さんが『やるっきゃない』なんて言うなんて」と、さっちゃんが噴き出す。

「何か可笑しいか」

「ていうか可愛《かわい》い。特に〝きゃ〟の所」

川田氏がまた顔を顰め、続ける。「――『感謝しかないです』と言うのは若者だけではない。いいオッサンやオバサンまで使っている時がある。若者の流行り言葉だという認識があって、見栄を張ってよく考えずに使っているんだろうな。浅ましい」

高橋が頷く。「一方で、好成績を収めたアスリートがテレビのインタビューで、周囲の関係者に対して『感謝の気持ちでいっぱいです』と言っているのを見ると、途端に嬉しくなりますね。身体だけでなく心も鍛錬しているんだなと、尊敬の念が増しますよ」

「それって、たまたまじゃないの？」と、さっちゃん。

「おほん」高橋が咳払いした。「とにかく、これに限らず日本語の乱れは激しいですよ。意味が捻《ね》じ曲げられているものも多い。最近では〝性癖〟。性の癖、つまり〝性〟という字が付いているから〝性的嗜好《しこう》〟〝性的趣味〟みたいなもんだと思い込んでいる人間が多い」

「え、違うの？」

「違いますよ。もっと広い意味で、〝偏った性質〟のことです。つまり性に限ってはいません。〝性格〟が性の格でなく、〝性質〟が性の質でないのと同じです」

「じゃあ、性的に偏っている場合にも使えるじゃない」

「使えますけど、それは色々ある中の一つだという認識がしっかりないと、性的な話じゃない時に誤解されて困ります」

「どう困るのよ」

「例えば私は、子供の頃から道端で気に入った小石とか小さな金属片とかを見かけると、つい持ち帰って箱に溜《た》めておくという変な収集癖があるんですが、それが私の性癖です」

「え、初めて聞いた」と、さっちゃん。「もしかして、今も持ってるの？」

「はい」高橋がポケットから直径二センチほどの灰色の小石を取り出した。

カウンターに置かれたそれを皆が覗き込む。色も形も特に珍しいとは思えなかった。

「何の変哲もない石だね」

さっちゃんが摘《つ》まんで電灯にかざした。「つまんない」

「そうでしょうね。私にとってしか価値が無い。だから性癖なんです。でも、これを見て性的に興奮するとか、変な事に使ってるんじゃないかって勘繰られるのは困るんです」

「変な事とは？」と、川田氏がツッコむ。

「あ……ばっちい！」と言って、さっちゃんが小石を放り出した。

「だから、違いますってば！」と、高橋が真っ赤になって小石を拾う。「もし仮に私が性的な性癖についての話をしたい時は、〝性的趣味は云々〟と言い方を変えます」

「面倒臭い」

川田氏がさっちゃんに言う。「性的趣味の話をしている時点で既に面倒事に鼻を突っ込んでいるわけだから、少々の面倒事を気にすべきではないし、面倒ならすぐにその場を立ち去るべきだ」

「ちょっと何言ってるかわからない」

高橋は続けた。「あとは〝世紀末〟ですね。例えば核戦争などの終末戦争の後の荒廃した世界をそう表現する人がかなり多い。――しかし、これも正されなくてはいけません」

「『マッドマックス』だね！」と、ぼくはすかさず言った。

正確にはその続編の映画『マッドマックス2』以降の同シリーズのことを指す。世界規模の核戦争後、社会秩序は崩壊し、テクノロジーもインフラも失われ、暴力至上主義・弱肉強食の世界が現出している。そこに跋扈《ばっこ》するのは命知らずの暴走族たちだ。漫画『北斗の拳』の世界観も同シリーズにインスパイアされたことは有名である。

さっちゃんが首を傾げた。「それも何か違うの？」

「〝世紀末〟はただの暦だからだ」と言って、川田氏が煙を吐き出す。

「おっしゃる通り」と、高橋が続ける「――西暦の百年を〝一世紀〟と言いますよね」

「そうね」

「その世紀の終わりのことを〝世紀末〟というんです」

さっちゃんが頷く。「確かに言葉としてはそうよね」

「だから本来〝世紀末〟は、百年ごとに自動的に回ってくる暦に過ぎないんですよ」

「そうか……」

「百年ごとにいちいち世界が滅亡していたら堪《たま》りません」

ぼくは大きく頷いた。

「ああ、わたしも勘違いしてました」と、いつの間にか起きた慶子さんが言う。

うわ、彼女もか……。

「カルチャー的な意味合いとしては、十九世紀末ヨーロッパの退廃的ムードと当時の新しい芸術の潮流を表しているんだ」と、川田氏。

「そう、カルチャーとして既に定着していた言葉なんですよね。その何かありそうな語感で言葉が一人歩きしてしまった。それに加えてベストセラー『ノストラダムスの大予言』で、二十世紀末である一九九九年の世界滅亡の噂が広がり、〝終末〟とイコールになってしまった。『北斗の拳』もその頃に誕生した作品で、作中でも〝世紀末〟が強調されていましたよね」

「正確には二十世紀末は二〇〇〇年なんだがね」と、川田氏。

「あ、そうなんですね……」と、慶子さんが感心して言う。

高橋が頷いた。「もし世界核戦争や大災害の後の荒廃した世界を指すなら〝終末世界〟というのが正解に近いですね」

ぼくもまた頷いた。映画の原稿を書く際もここは注意している部分だ。洋画ではこういった世界を〝ポスト・アポカリプス（黙示録後の世界）〟などと呼ぶのが普通である。〝世紀末〟とは何の関係も無いのだ。

「とにかく、誤用ってやつが広がる前に阻止しなければならないんですよ。――もう〝確信犯〟なんかは〝意図的・計画的にやる〟って意味で定着してしまって、今更修正できなくなってますからねえ」と、高橋が大げさに嘆いてみせる。

「え……それも何か違うの？」さっちゃんまで欠伸を噛み殺す。

高橋が人差し指でカウンターをトントンと叩く。「〝確信〟はどこ行っちゃったのって話ですよ」

「『そうなることを確信してやる』ってことじゃないの？」

「違うね」と、川田氏。「本来は自分の考えや行ないが〝正しいことと確信〟して犯罪を行なうことを言うのさ。思想犯や政治犯のことだ。れっきとした法律用語なんだがね」

高橋が引き継ぐ。「だから身の回りにそんなにいるわけないんですよ」

「そうなんだ……。でもそっちのが全然ピンとこないわ」と、さっちゃんが口を尖らかす。

「そういう人が大半になっちゃった……」高橋が髪を掻き上げた。「『悪貨が良貨を駆逐する』ってやつですよ」

川田氏が頷く。「小説やエッセイで、どうしても本来の意味の〝確信犯〟を使わなければならない時は、〝辞書的な意味での確信犯〟など、面倒な言い回しにせざるを得ない。本末転倒だ」

「そう。送り手と受け手で共通認識が無いと、そういうことになりますね」

「そういうのがどんどん増えていく。こちとら商売に影響して困るんだ。だから日本語の乱れは根気よく正していかなければならない」

「私も使命感を持って塾で教えていますからね」と、高橋が誇らしげにグラスを掲げ、酒を飲み干した。

同じく文章で飯を食ってきたフリーライターのぼくも、基本的に二人の意見には同意である。

川田氏も気が済んだのか、ギムレットを啜ってから、小山さんに音楽のリクエストをした。「またマイルスが聴きたいな」

「これでいいかい」

小山さんが出して来たLPジャケットは、黒バックに黒人の顔のアップだった。タイトルは〝Kind of Blue〟とある。

「OK」

やがて落ち着いたトランペット曲が店内を満たした。

ギイッ!とスイングドアが開いた。

慶子さんが飛び起きる。「いらっしゃいませ〜」

隅の席の老人の幽霊も入口に顔を向けた。が、すぐに興味を失って視線を前に戻した。

入ってきたのは背の高い中年男性二人組だった。カウンターの入口寄り、レジ近くの席に陣取る。

二人とも見たことのない顔だ。一人はグレーのスーツにネクタイ、色黒で七三分けに縁無しメガネ。右肩に黒いトートバッグを掛けている。もう一人は皺《しわ》っぽい麻のジャケットにやや長めの髪とアゴ鬚。色白で、左目の周りの赤い腫れが目立っている。

何かあったのか。

「荷物は後ろのテーブルにどうぞ」と、慶子さん。

「いや、大丈夫です」と、スーツの男性がバッグを大事そうに膝の上に載せた。

「何にしますか」と、小山さんがコースターを置く。

「何がありますか？」と、麻ジャケ。

「ビール・バーボン・ジン・ラム・ウオッカ・スカッチ・アイリッシュ。あとは各種カクテル」

「じゃあアイリッシュ、ロックで」

アイリッシュウイスキーはぼくも好きだ。スコッチウイスキーの元祖と言われているが、スコッチのような苦味がなく、まろやかで飲みやすい。

「ジェムソンでいいですか」

「うん、それで」と、麻ジャケ。

「そちらさんは？」

「じゃあそれ二つ」と、スーツ。

「すると合計三つね」と、小山さんがいたずらっぽく言う。

後の客が気を回して数をまとめたつもりが、言い方によってはおかしなことになったりする。〝飲食店あるある〟だ。

「いやいや」

「冗談よ。二つね」と、小山さんが酒棚のグリーンのボトルに手を伸ばした。

「まあ、物事は正確に伝えないとね」と、麻ジャケがスーツに言う。

「おまいう、だろ」と、スーツ。

〝おまいう〟とは〝お前が言うな〟という意味だ。これもここ最近の略語である。

ジェムソンのロックが出され、二人は乾杯した。

「何か簡単なツマミもらおうかな……」と、麻ジャケが言った。「マスター、柿ピーありますか？」

「柿の種とピーナッツを一緒に盛り付ければいいですね」と、小山さん。「慶子ちゃん、よろしく」

「あ……はい」半目だった慶子さんが戸棚から缶を二つ取った。

ここで柿ピーを注文すると、柿の種とバターピーナッツを二点盛りのように皿に載せて出す。柿の種単独の商品とピーナッツ単独の商品を仕入れているからだ。ピーナッツのみの注文にも対応できるから効率がいいのである。そして、たまに柿の種は好きだがピーナッツが苦手という客も現れたりする。仕入れるのは近くの〝豆屋さん〟で、ぼくもパシリで買いに行かされたことがある。

「お二人はここ初めて？」と、さっちゃんが訊いた。

「ええ。前からちょっと気になってたもんで」と、麻ジャケが嬉しそうに答えた。

店に入れたのが嬉しかったのか、はたまた、さっちゃんに話し掛けられたのが嬉しかったのか。

「ヨドバシのホビー館によく行くんでね、この前をちょくちょく通るんですよ」と、スーツ。

「どんなご関係なんですか」

「高校の同級生アンド仕事のパートナーです」と、麻ジャケ。

「ふーん、仲がいい。会社も同じなんだ」

「ていうか二人で会社やってます」と、スーツが誇らしげに言う。

「へえ、凄い。どんな会社なの？」

「おもちゃ会社です」

「えっ、おもちゃ会社って二人でできるの？」さっちゃんが目を丸くした。

「まあ、今どきはなんとか……」

麻ジャケが口を挟んだ。「こいつは元々某大手玩具メーカーに勤めていたんですけど、ノウハウを盗むだけ盗んで独立したというわけで」

「人聞き悪いな」と、スーツ。

「どんなおもちゃ？　シンバルモンキーとかプラレールとか？」と、さっちゃんがさらに食い付く。

「シンバルモンキーは古くないですか」と、麻ジャケ。

「いや、ロングセラーだよ」と、スーツがツッコむ。「プラレールは以前いた会社で作ってましたね。ウチではプライズフィギュアとかガチャとかです」

「チャチいもんばっかでね」と、麻ジャケがチャチャを入れる。

彼がパンチを食らった理由がわかる気がした。二人は高校の同級生だと言ったが、このノリは私立の男子校由来ではないだろうか。

「うるせーな」と、スーツが睨む。「それで給料もらってるのは誰だよ」

「誰だっけ」

「ちっ」

「今、ガチャガチャは凄い勢いですよね」と、高橋が興味を示した。

ガチャガチャ、ガチャポン、ガシャポン——呼び方は色々あるが、いわゆる〝カプセルトイ〟の自販機である。硬貨を入れてレバーを回すとカプセルに入ったミニサイズのトイがランダムに出てくるアレだ。正統派のキャラクター商品もあれば、出落ちギャグのようなオリジナル商品もある。ぼくも一度、雑誌記事のために取材をしたことがあるのだ。

「ほんと、今はどこにでもありますからね」と、スーツ。「僕、地元が立川《たちかわ》なんすけど、今、駅前の髙島屋《たかしまや》のワンフロアが全部ガチャの機械とクレーンゲームですよ。あの高級デパートの髙島屋ですよ。もう壮観でね」

立川はぼくもなじみがある。音響がいいことで有名な独立系シネコンがあり、仕事の関係で何度か観に行っているのだ。モノレールを挟んでその斜向《はす》かいに髙島屋の巨大なビルが聳《そび》え立っていたのをよく覚えている。

「髙島屋がね……それは凄そう。——で、そちらさんはどういう経緯で？」と、さっちゃんが麻ジャケを促す。

「僕は某出版社で営業やってたんですけど、大型合併で人が余って早期退職者を募集しまして。ギリ対象年齢だったんで、それに乗っかって辞めました。二年くらい退職金を食い潰してプラプラしてたら、こいつから営業やらないかと声が掛かったというわけで」

「この男の退職金の使い途《みち》って、ギャンブルの借金返済だったんですよ」

「皆まで言うな」

「もしかすると……飯田橋《いいだばし》にある版元？」と、川田氏。

「よくお分かりで」

「こちら、川田さん。小説家なのよ」と、さっちゃんが紹介する。

「はあ、そうでしたか。因みにジャンルは？」

「ハードボイルド。――今どきは売れないようだがね」

「そうですねえ。ウチはまあまあ売ってた方でしたけど……」

「もうウチじゃないだろ。ウチがウチだ」と、スーツ。

「ああそうか」

「もし、元同僚の人とまだ繋がりがあるのなら、どうかよろしく」と言って、川田氏が名刺を差し出した。

「や、これはこれは」と、麻ジャケが恭しく受け取る。

しかし川田氏の名前を見てもピンと来ていない様子だった。

麻ジャケも名刺を取り出す。「五十嵐《いがらし》と申します。今度飲み会とかで会ったら言っておきます」

「あまり当てにしないでくださいよ。こいつテキトーだから」と、スーツも名刺を出した。「中野《なかの》です」

二人の社名は〈INトイズ〉だった。両者の頭文字を取ったらしい。

「何だよテキトーって」と、五十嵐氏。

「だってそうだろ、今日なんか……」

「だからあれはゴメンて。一発食らって、さらにこうして奢《おご》ってやってるだろ」

「一時間繋ぐのは大変だったんだぜ」

「だからゴメンて」と、五十嵐氏は平謝りだ。

「いったいどうしたの？」と、さっちゃんがお節介にも訊く。「一発食らったって、もしかしてその目……」

「そう、こいつのヘッポコ右ストレートでね」

「暴力はよくないわよ。何が原因だったの？」

「いえね――」と、中野氏が頭を掻き掻き語り始めた。「今日は版元に新製品の試作品を持って行って現物監修してもらう日だったんです。それで、先方の指定時間が朝一だったものだから、事務所に寄らずにそれぞれの自宅から版元に直行することになっていたんです。ところがコイツ、行先を間違えてやがって。一時間以上も遅刻してきたという。提出する書類の作成を頼んでたから、ひたすら待つしかなくて」

「一時間以上も？」

「そう。ヤバイすよ」

この〝ヤバイ〟は概《おおむ》ね本来の意味だった。

「よく待ってくれたわね」

「たまたま次の約束まで時間が空いてしまったらしいんですよ。先方が優しい人ばかりだったからよかったものの、版元によっては厳しい所もあるんで。心証を悪くしたら、通るものも通らなくなることがあるんです」

「へえ、そうなんだ」

「だからゴメンて」また五十嵐氏が謝った。

「ところで〝監修〟って……何やるんですか」と、高橋が首を突っ込む。

「――フィギュアの場合、元キャラを忠実に再現してあるかとか、イメージを損なってないかとかを確認してもらうんです。今日はガチャのデフォルメシリーズ第一弾のデコマス五体と第二弾の原型五体を監修してもらうことになっていました」中野氏はそう言って、膝の上のバッグをそっと撫でた。

そこに入っているのだろう。

「デコ……何ですかそれ」と、さっちゃん。

「デコマスですか。〝デコレーション・マスター〟つまり原型に彩色した見本のことです。量産時には工場でそれをお手本にして彩色されていくわけです」

「ふーん。――その前にゲンケイがわからなかったわ」

「〝原型〟は商品を量産する前の元となる模型のことです。以前は〝原型師〟と呼ばれる職人さんが手作業で作っていましたが、最近は3Dデザインソフトで設計して、3Dプリンターで出力した物が原型になります。シリーズ第一弾は既に原型監修が終わっていたのでもうデコマス監修ということになりました。第二弾は遅れていたので原型監修のみだったというわけで」

「結構面倒なんですね」

「そりゃもう、めちゃめちゃ」

「因みに何のキャラですか」と、高橋が大胆に訊く。

「おいおい、それはご法度だぞ」と、ぼくはツッコんだ。

高橋は教育関係には強いが、ビジネスには疎いのである。

ところが五十嵐氏がサラッと言った。「〝モンズー〟ですよ」

〝モンズー〟とは『モンスター・ズー』のことで、漫画とかアニメを超えた誰もが知る大人気コンテンツだ。

「あ、それ私も大ファンで、コミックスも全巻持ってますよ！」高橋がはしゃぐ。

「馬鹿野郎！」と言った直後に、中野氏が右ストレートを放った。

拳が五十嵐氏の腫れた左目にヒット！

のけぞる五十嵐氏。「二度も殴った！」

「ひっ」と、さっちゃんが身体を強張《こわば》らせた。

ぼくもその光景に、以前経験したある出来事が脳裏に蘇《よみがえ》り、瞬間、固まってしまった。封印していた忌まわしい記憶だ……。

「お前は軽率過ぎるんだよ！　何度でもやってやる！」再び中野氏が右腕を引き絞った。

次の瞬間、素早く川田氏の左腕が伸びてきて、中野氏の右腕に巻き付いた。

軽い身のこなしでスツールから滑り下りた川田氏が、身体を時計回りに半回転させ、中野氏の右腕を捩《ね》じり上げた。

中野氏の右手首は川田氏の右手によってさらに捩じられ、あらぬ方向を向いていた。

全てはアッという間の出来事だった。逮捕術というやつだろうか。テレビで見た覚えがある。

「店で暴れるな。それ以上やるなら関節の可動域が増すことになる」と、川田氏は言った。

中野氏が左手でカウンターをタンタンと叩いた。「ギブ、ギブ！」

川田氏が腕を解《ほど》いた。垂れた前髪を掻き上げる。さすがはハードボイルド作家である。ヒーローを体現している。

ぼくの硬直も落ち着いてきた。

隅の席の老人に目をやると、やはりニヤニヤしていた。

「……すいません」と、中野氏が冷静さを取り戻して頭を下げた。

「何が気に障ったの？」と、さっちゃんが訊いた。

中野氏が右腕を揉みながら五十嵐氏を指差す。「こいつが余計なことを口走ったから……」

「何て言ったっけ」と、さっちゃん。

「確かモン――」と、高橋。

「しーっ」と、ぼくは言った。

「しーっ」と、中野氏も言った。「――くれぐれも口外は無しでお願いします。版元の許可が下りるまでは秘密なんです」

「ああ、そうなんだ」高橋が呑気《のんき》に言う。

「〝守秘義務〟だな」川田氏がよれたネクタイを直しながら言った。「探偵が依頼人の秘密を守るのと同じだ」

「その通りです」と、中野氏。

「そうだった……申し訳ない」と、五十嵐氏も頭を下げた。

「お客さん、殿中でござるよ」と、小山氏が窘めた。

中野氏はカウンターに両手をつき、頭を擦《こす》り付けた。「すみませんでした」

「川田さん、かっこよかった」と、さっちゃんが言った。

さっちゃん、もしや枯れ専に転向か？

川田氏は黙ってキャメルを吹かしていた。

「小山さん、今日〝なまり〟ある？」と、さっちゃんが訊いた。

「あるよ」

「じゃあ下さい」

「慶子ちゃん、〝なまり〟よろしく！」小山さんが、また舟を漕いでいた慶子さんに指令を出す。

「はいっ」

飛び起きた慶子さんが、カウンターの裏で調理を始めた。といって、たいした作業を要しない。地下の厨房で蒸した鰹の身をほぐし、タマネギのスライスをたっぷり載せて、オリーブオイルと生搾りレモンをぶっ掛けただけのものだ。

因みにさらに燻《いぶ》ったものを〝なまり節〟といい、十数回燻った末に天日干ししてカチカチにしたものが、お馴染《なじ》みの〝かつお節〟となる。

あっという間に完成し、醬油の瓶、割り箸と共にさっちゃんの前に置かれた。

「はいどうぞ」

「旨《うま》そうですね」と、五十嵐氏が涎《よだれ》を啜った。

「みんなで食べよう」と、さっちゃんが言った。「一人じゃ食べ切れないし」

「いいんですか？」と、中野氏。

「私は食べて来たんでいいです」と、高橋。

「右に同じ」と、川田氏。

「右に同じ」と、ぼく。

小山さんが取り皿二枚と割り箸二膳を出し、さっちゃんがなまりを三人分取り分けた。醬油を掛けて二人にそれぞれ渡す。

五十嵐氏が早速、箸をつけた。「旨い！」

「本当だ……」と、中野氏。

「酒が進むなあ。ジェムソンのお代わりください」

「こっちも！」

「飲み過ぎて暴れないでね」

「もう、それは……」

三人はしばらく黙って咀嚼運動を続けていた。

ぼくは目の前の空のグラスを見つめた。

「ごちそうさまでした」五十嵐氏がさっちゃんに言って合掌した。

「美味しかったです」と、中野氏。

「五十嵐さんて、よく遅刻するの？」最後のなまりをモスコミュールで胃に流し込み、さっちゃんが無邪気に訊いた。

「そうなんすよ」と、中野氏。

五十嵐氏が頭を搔いた。「会社員時代の反動ですかね。フリーランスになってから、わりとやっちゃう……」

「悪びれもせずにまあ。俺だって脱サラ組だぜ」

「――でも今日は理由があったんです」と、五十嵐氏がさっちゃんに言う。

「え、五十嵐さんの理由って？」

中野氏が代わりに答える。「今日は朝十時に版元で監修だから、五分前に先方のビルの前に集合と言ったのに、こいつ場所を間違えたんすよ」

「どう間違えたの？」

「……これはまあ言ってもいいか。――本当は〈ドラゴンズプロダクション〉なのに、こいつ、〈恒存《こうぞん》出版〉に行ったんすよ。国分寺《こくぶんじ》と護国寺《ごこくじ》で大違い」

「〈ドラプロ〉と〈恒存出版〉か……」横で聴いていた高橋が繰り返した。

〈ドラゴンズプロダクション〉は一般的に〈ドラプロ〉で通っている。業界人でなくとも知っている有名な会社だ。

ぼくは地図を頭に思い描いた。

国分寺市は東京都西部の市で、国分寺駅はJR中央線にある。護国寺は文京《ぶんきょう》区の寺に由来する地下鉄有楽町線の駅だ。確かに両者はかなり離れている。

「だから、『護国寺ね』って確認したじゃん」と、五十嵐氏。

「お前の滑舌が悪いから、『国分寺』って聴こえたんだよ」と、中野氏が言い返す。

「〝ごこくじ〟〝こくぶんじ〟……」と、さっちゃん。

「〝ごこくじ〟〝ごくぶじ〟……なるほど」と、高橋。

「確かに護国寺といえば〈恒存出版〉ってことになるな」と、川田氏。「昔、単行本を出してもらったことがある」

「ええ」五十嵐氏が頷いた。「某キャラなら〈恒存出版〉の某週刊コミック誌に連載されているのは常識だから、護国寺に行ったわけです」

「いや」と、中野氏が反論する。「某キャラの版権は〈ドラプロ〉に決まってるんだよ」

五十嵐氏が片手を挙げた。「俺だって出版社勤務だったから当然〈ドラプロ〉は知ってたけど、あそこは某漫画家先生の会社だと思ってたからなあ」

一度は漏らしてしまったものの、やたら〝某〟付きトークが続く。

「だから、漫画家先生の会社で版権も管理してるんだってば。石ノ森《いしのもり》章太郎《しょうたろう》先生は〈石森《いしもり》プロ〉、永井《ながい》豪《ごう》先生は〈ダイナミック企画〉、横山光輝《よこやまみつてる》先生は〈光《ひかり》プロダクション〉、松本零士《まつもとれいじ》先生は〈零時《れいじ》社〉――」

「わかったわかった。――うっすら聞いたことはあるけど、俺は営業だから」

「今日ははっきりわかったろ」

「嫌というほどわかったわ。俺の認識不足でした。ここも俺の奢りでいいよ」

二人はさらにジェムソンをお代わりした。

「でも、なんで社名をちゃんと確認しなかったの?」と、さっちゃん。

当然の疑問である。

「取り扱っているキャラと版元の詳細をまとめたリストは前もってこいつに渡してあったんですよ」と、中野氏。

五十嵐氏も頷く。「確かにもらったよ。――まあ、古いダチということで馴れ合いがあったんでしょうね。俺も出版社勤務が長かったから、業界人気取《きど》りだったかも知れない。だから『護国寺ね』なんて言ったんだよなあ」

川田氏が言った。「確かに〈小学館〉〈集英社〉を一ツ《ひとつ》橋《ばし》地区とか、〈講談《こうだん》社〉〈光文《こうぶん》社〉を音羽地区とか、〈文藝春秋〉を紀尾井町とか、〈新潮社〉を神楽坂とか、地名で言ったりはするな」

「〈ニッポン放送〉を有楽町《ゆうらく》、〈文化放送〉を浜松町《はままつ》、〈TBS〉を赤坂《あかさか》、〈J-WAVE〉を六本木《ろっぽんぎ》ヒルズと表現したりするのと同じですね」と、高橋が得意げに言う。

「高ちゃん、相変らずラジオ好きねえ」と、さっちゃんがツッコむ。

「いや、それほどでも」と、頭を掻く。

受験塾講師の彼は〝ラジオは受験生の友〟などとよく言っているが、ぼくはながら勉強などとても無理だった。

「ま、そうは言っても――」と、さっちゃんが中野氏に言う。「報・連・相を文字に残すのは大事よね」

「それはまあ、ごもっともで」

「そうだぞ」と、五十嵐氏。

「おまいう！」と言って、中野氏はグラスを干した。「――だいぶお邪魔してしまったな。そろそろ出ようか。払いはよろしく」

「へいへい」五十嵐氏が立ち上がり、レジの前に行った。

レジ担当でもある慶子さんは依然、舟を漕いでいた。

その時ぼくは見た。

隅の席にいた老人の幽霊が白い霞のようになり、カウンターに沿って入口方向へ漂って行き、レジ前で頭を垂れ前後不覚になっている慶子さんの身体に乗り移ったのだ。

「慶子ちゃん、お会計ね」と、小山さんが慶子さんに伝票を差し出した。

そこには二人組が注文した酒とその数が記入してあるはずだ。だが、慶子さんは受け取るどころか顔すら上げようとしない。

五十嵐氏がサイフを開けた。

『……ぐう……ちょっと……待った……』と、顔を伏せたままの慶子さんが低い声で言った。

「は、何ですか？」と、五十嵐氏が訊く。

『……会計は……折半に……しなさい……』

店員である慶子さんの、ゆっくりだがキッパリとした命令口調に、二人組は目をパチクリさせた。

「え、どうして？」と、五十嵐氏が半信半疑のまま訊き返した。

『……この件は……同罪……だからだ……』

老人の幽霊が憑依した慶子さんの声は、いつものソプラノではなく、タカラヅカの男役のような声になっていた。

「同罪？」と、中野氏が不審げに言う。「何言ってんですか？」

「慶子ちゃん、どうしたの」と、小山さんも狼狽《うろた》える。

『……同罪……だ……』慶子さん＝老人霊は繰り返した。

二人組が呆然《ぼうぜん》と突っ立ったままになる。

「慶子ちゃん？」と、さっちゃんも不安げに声を掛ける。

高橋と川田氏もレジの方向を注視していた。

五十嵐氏がおずおずと訊く。「それは、なぜ？」

『……そもそも……お前さんの……言葉の……定義が……間違っている……』

「お前さんて、僕のことか？」と、五十嵐氏。

『……違う……』

中野氏が訊く。「じゃあ、俺のこと？」

『……そう……だ……』

「何言ってんですか、あんた！」中野氏が声を荒らげる。

「大声を出すな」と、川田氏が制した。

中野氏が頭を下げ、慶子さんに言う。「確かにさっきはすいませんでした。しかし会計は我々の問題です」

「慶子ちゃんよお、どうしちゃったの？」と、小山さん。

先ほどのような雑談ではなく、金のやり取りの場面で揉めているのだ。小山さんの動揺も無理はない。

「しっ」と、川田氏が口を開いた。「こういうことがたまにあるんだ。話を聞いてみようじゃないか」

幽霊の類を信じないと言い切る彼だが、何かが起きていることは了解しているようだ。

「そうです。聞きましょう」と、高橋も同調する。

「そうしましょう」と、ぼくも言った。

「定義って……どの言葉ですか」と、中野氏が落ち着きを取り戻して訊き返す。

『……お前さんは……版権管理者……として……版元……という言葉を……使った……』

「そうだけど」

『……間違っている……』

「え？」

『……版元……とは……出版元の……ことであり……すなわち……出版社を……指す……』

「何だって？」と、今度は中野氏が狼狽えた。

「ああ。彼女の言う通りだよ」と、川田氏。

「英訳すると一目瞭然です」と、高橋はスマホの翻訳画面を見せた。

版元 → publisher

「うん、僕もその認識だった」と、五十嵐氏。「だから真っ先に〈恒存出版〉を思い浮かべたんだよな……」

「え、お前もそうなの？」と、今更のように中野氏が言う。

確かに中野氏は再三〝版元〟という言葉を口にしていた。しかし違う意味で使っていたらしい。

ぼくも雑誌のライターをしていたので、版元＝出版社というのは常識であるものの、中野氏が勘違いして使っているとは気付かなかった。

『……版……とは……印刷原版……のことを……指す……。印刷原版の……元だから……版元……になる……出版人なら……間違えない……』

「そうだったのか」と、中野氏。

『……もし……版権管理者の……ことを……呼ぶなら……版権の元……すなわち……版権元と……呼ぶべきだ……』

「〝版権元〟か。確かにそれも聞いたことがある」と、高橋が言った。

『……しかし……それも……便宜的な……呼び方……でしかない……。版権……すなわち……コピーライトを……許諾される側から……見た呼称だ……。正確には……著作権所有者だ……。略しても……せいぜい……著作元か……著作権者……になる……』

川田氏は頷いた。「〝版〟と〝版権〟は明らかに違うものだからな」

『……間違えて……伝えた者……間違えて……受け取った者……どちらも……確認が……足りない……だから……同罪だ……』

「お見事！」と、高橋が言った。「慶子さん、凄いな……」

高橋は本気で慶子さんがしゃべったと思っているのだろうか。

中野氏がボソボソ話す。「――俺の周り、つまりトイメーカーや原型師さんたちはみんな版権管理元のことを略して〝版元〟と呼んでいたけど……略したら意味が変わってしまうとは知らなかった……」

「それはいつからそうなったんだろう。なぜ、ごっちゃになったんですかね」と、五十嵐氏が訊く。

『……』

慶子さん＝老人霊は答えない。

「慶子ちゃん……また寝ちゃったの？」と、小山氏。

『……』

ここぞとばかりに高橋が語り始めた。「私思うに、たぶんこういうことなのでは。──漫画の同人イベントである〝コミックマーケット〟等に集まる同人たちは、漫画の二次創作がメインです。そして一次創作に相当するのが出版社、つまり〝版元〟です。同人たちが漫画やキャラクターの大本《おおもと》に対して〝版元〟と呼ぶのを見ていた人たち──コミケには出版以外の関連業界の人々も集まっていますから──そんな彼らが真似るようになっていった。それで、漫画以外の二次使用の際にも〝版元〟と呼んでしまった。しかし、フィギュアなどの場合は漫画の〝版元〟ではなく、実は別に存在する〝版権元〟が管理をしていた──」

「なるほどな。説得力があるね」と、ぼくは言った。

さすが塾講師だ、説明の手際がいい。しかもオタク知識も深い。慶子さんに老人の霊が憑依しているとは知らず、慶子さんを援護射撃するつもりで気張って語ったのだろう。

もちろん、出版社自体が版権管理をしている場合もあるかも知れない。その際は版元＝版権元になるだろうが、それはまた別の話である。

「──とまあ、そんな感じじゃないですか、ねえ慶子さん」と、高橋は言った。

『……』

相変わらず慶子さん＝老人霊は無言だった。

二人組はしばらく立ち尽くしていた。

やがて中野氏が五十嵐氏を見た。「つまり、俺の言葉使いが間違っていたせいでお前が勘違いしたというわけなのか……。申し訳なかった。さっきのお返しに俺を一発、いや二発殴ってくれ」

「いや」と、五十嵐氏は手をひらひらさせた。「僕が空手の有段者だったの忘れたか。そんなことしたらお縄になっちまう」

「そうだったな。俺は通信教育のボクシングを途中断念した口だけど」

「えっ、空手⁉」と、さっちゃんが驚いて言う。

ぼくも驚いた。五十嵐氏は空手ができたのに、ひたすら耐えていたのか。いや、だからこそ耐えるしかなかったのか。

「空手といえば、ケンカで使っちゃいけないというのは都市伝説らしいですよ。法的には無関係らしいです」と、また高橋の余計な一言。

「そうなのか。では遠慮なく正拳突きをば」

こぉ〜、と五十嵐氏が息を吐いて構える。

「マジか」

「冗談だよ」

「じゃあ、前の店はお前が持ってくれたから、ここは俺が持つわ」

「悪いな」

中野氏が慶子さんに向き直った。「お陰さまで話がまとまりました。ありがとう」

『……』

慶子さんはまだ無言だ。老人の幽霊が離脱に手こずっているらしい。

「〝ありがとう〟って、やっぱりいい言葉ねえ」と、さっちゃんが間を繋いだ。

「すいません。改めてお愛想お願いしたいんですけど……」

『……』

「あ、〝お愛想〟というのはですね、本来は――」と、高橋が言い掛けた。

「まあいいじゃないの」と、さっちゃんが遮った。

客側が使う言葉ではないと、高橋は言いたかったのだろう。日本語薀蓄《うんちく》は今日のところはもうお腹いっぱいだ。

その時、ようやく老人の霊が慶子さんの身体から抜け出るのが見えた。湯気のようなものが立ち上ったかと思うと、フワフワとカウンターに沿って漂い、いつもの隅の席に収まった。

次の瞬間、慶子さんが顔を上げ、ハッとする。涎をズズッと啜った。

「慶子さん、はしたない」と、思わずぼくは言ってしまった。

「あ……ごめんなさい！　わたし、うとうとしてて」

「えっ」中野氏が首を傾げながら言った。「うとうとどころか、あなたのお説教のお陰で一つ利口になりましたよ」

慶子さんが首を傾げる。「え、お説教？　何がどうしました？──ああ、お会計ですね！」

小山さんが改めて伝票を差し出した。慶子さんが慌てて計算をし、中野氏が〃お愛想〃を済ませた。

「大事なフィギュアの原型をどこかに置き忘れないようにね」と、さっちゃんが言い添えた。

「は〜い」と、中野氏がトートバッグを肩に引っ掛けた。

長身の二人組は、肩を組んで雨の街へと出て行った。相合傘にするのだろうかと、ちょっと気になった。

「慶子さん、凄い推理力だったね。洞察力というべきか」と、高橋が弾んだ声で言った。「それに博識だ。さすが、私が見込んだだけのことはあるね」

「え、誰が見込んだって⁉」と、さっちゃん。

「え、誰が見込んだって⁉」と、ぼく。

慶子さんは狐《きつね》につままれたような顔をしている。「……いったい何のこと？」

「もしかして……慶子さん、さっきのこと覚えていないの？」

「さっきのことって？」依然、慶子さんがキョトンとしている。

「名推理を開陳したじゃないか」と、川田氏。

「そうか！」と、高橋が掌に拳を打ち付けた。「もしかしたらいつぞや、希さんのふりして推理を披露したのも慶子さんでしょう。腹話術とかで。女性同士だから声も似せられるし」

なるほど、そういう見方もできるな。しかしそうではないのだよ、高橋君。

慶子さんがブンブン首を振る。「いつぞやのって。わたし、腹話術なんてできないし。さっきのことだって知らないし。夕べ徹夜して寝不足だったから、ちょっとうとうとしちゃって……」

「またまた〜」

「確かに寝てたね」と、小山さん。「でも喋《しゃべ》ってたよ」

「喋ってた……？」

「うん、しっかり喋ってた」と、さっちゃん。「タカラヅカの男役っぽかったけど」

ぼくと同じことを言っている。

「寝言にしてはまとも過ぎたな」と、川田氏。

「慶子さん、もしかして夢遊病とか？」と、高橋。

「えっ、そんなこと言われたこともないけど……」

「もしかして……」と、さっちゃんが真顔で言う。「先代の幽霊が乗り移ったんじゃないの？」

鋭い。女の勘か。相手は違うが幽霊に憑依されていたのは確かだ。

「またやめてよ、怖い話なんか」と、小山さん。

「お爺ちゃん、が？」と、慶子さんが考え込む。「う〜ん、そう言えば……」

「そう言えば？」と、さっちゃんが先を促す。

「お爺さんの夢を見ていた気がする」

「やっぱりそれだ！」と、高橋が慶子さんを指差す。

「ううん、違うの。――お爺さんはお爺さんだけど、わたしのお爺ちゃんじゃなかった」

そうか。きっと憑依された人間は、あの老人の夢を見たと錯覚するのだ。

「じゃあ、やっぱり夢遊病の一種かね」と、小山さん。

「でも、そのお爺さんて……誰なんだろう」と、さっちゃんも興味を惹かれたようだ。

「どこかで見たような気がするんだけど……」と、慶子さん。

「慶子さん、その記憶は正しい。あの亡くなった老人だよ」と言ってやりたかったが、いたずらに怖がらせるだけなので黙っておいた。

「誰かは思い出せない？」

「う～ん、ちょっと……」

慶子さんも接客業だ。毎日色々な人の顔を見ているから、頭の中が顔の情報でいっぱいなのだろう。

「聞き捨てならない」川田氏がキャメルを燻《くゆ》らせながら真剣な調子で呟いた。「――これには何かありそうだ」

「何かって？」と、さっちゃん。

「わからない。とにかく何か、だ」

さすがは小説家だ。やはり起きたことを冷静に受け止めている。

ふと隅の席の老人の幽霊に目をやると、相変わらずニヤニヤ笑っていた。

BOOZE
04

君の名は

「あれれ？　今日はなんだかビシッとしてるね」

SFイラストレーター兼ライターの赤井氏が、受験塾講師にして常連最年少の高橋の出で立ちを見て言った。

高橋は白いワイシャツにストライプのネクタイを着け、紺のスラックスを穿《は》いていた。靴も革製だ。確かにいつもの休日スタイルではない。

「本当だ」と、ぼく。

「本当ね」と、バーテンダー見習いの慶子さん。「胸ポケットに付いているのは何かしら。塾のバッジ？」

「その辺で拾ったWクリップです」と、高橋が事も無げに言う。

「うわ、相変わらずね」

そう言う彼女はいつものように清潔な白いシャツにジーンズ、黒の帆前掛けだ。

キャメルとギムレットを交互に口にしながら読書をしていた小説家の川田氏は、一瞬だけ高橋に視線を送り、つまらなそうに顔を戻した。彼は常にスーツに細っこいネクタイなのだ。珍しくもないのだろう。

「私の本来のユニフォームですよ。夏期講習が始まったので、今日も朝一から仕事だったんです」高橋はネクタイを緩め、カバンを壁際のテーブルに置き、スツールに座った。「服装はビシッと見えても、もう中身はヘロヘロなんですよぉ」

　高橋は千駄ヶ谷の大手個別指導塾で教えている。担当しているのは小学生の国語・算数・理科・社会、中学生の国語・数学・英語・理科・社会、高校生の現国・古文・漢文・数学・英語・日本史・世界史だという。毎日一コマ九〇分の授業を五コマほどこなしているらしい。いやはや、勉強の嫌いなぼくは胸やけしそうになる。

　しかし、社会人になればすっかり忘れてしまうこれらの教科に触れ続けていることで、柔軟な思考や広い視野が持てるのではないかと、ちょっと羨ましくなる時もある。本当ならぼくのようなライターにも求められる条件かも知れない。

　赤井氏がビールの入ったグラスを掲げた。「お疲れさま。夏期講習かあ、もうお盆だものな」

　八月半ばの水曜日、六時半。日中の熱気が少しだけ収まった頃、新宿駅西口のジャズが流れる〈ＢＡＲコースト〉にいつもの面々が集まってきた。

　カウンターの隅の席には、今日もあの老人の幽霊がちょこなんと座っていた。相変わらず前方の薄暗がりを眺めている。お盆でも関係ないらしい。

　珍しく壁際の二つめのテーブル席に外国人客がいた。若い白人男性の二人組だ。スキンヘッドに顎鬚の男とロン毛の男。いずれもイラストＴシャツに短パンというラフな格好である。額にサングラスを載せ、ビールの中瓶をラッパ飲みし、ピーナッツを齧っていた。

最近の新宿は、本当に外国人観光客が多くなったと思う。

高橋が続けた。「通常、塾生の昼間の学校がある時期は夕方から夜にかけての勤務なんですが、夏休みは日中のシフトになるので、暑さをまともに食らいますね。通勤だけで体力を消耗しちゃいますよ」

「年々気温が上昇しているからねえ」と、バーテンダーの小山さんがグラスを拭きながら言った。

「受験生も大変だ。ボクは世代のせいもあるけど塾通いの経験は無くてね、夏休みは遊んでばかりいたなあ。あとは、ここぞとばかりにＳＦを読みまくってた」と、赤井氏。

「夏といえばやっぱり『夏への扉』ですか？」と、高橋。

「出た、ド定番」と、ぼくはツッコんだ。

ロバート・Ａ・ハインラインの『夏への扉』はぼくも中学生の頃に読んだ。五〇年代にアメリカで出版された〝時間テーマＳＦ〟小説の名作だ。発明家の主人公が親友に特許を騙し取られ、恋人にも裏切られ、失意のなか冷凍睡眠《コールドスリープ》に入る。そして未来世界でリベンジを果たすのだ。なんと日本で映画化もされている。

「わたしもそれ大好き」と、元大使館員の希さんが言った。

今日はドット模様の白の綿シャツに黒のワイドパンツだ。彼女は英文科を出ているので、ハインラインの原書を読んでいるのかも知れない。

赤井氏は言った。「まあ、あの作品の〝夏〟は象徴的な意味合いが強いんだけどね。――主人公は未来へ行くために〝冷凍睡眠〟を何度かするんだけど、あの〝冷凍〟のイメージが涼を運んで来て、ボクなんか夏場は怪談話を聴くよりひんやりした気分になれたよ。人間を冷凍するってどゆこと？ってね」

「そういう意味でも夏向きなんですね」と、高橋。

赤井氏はビールを啜ってから続けた。「〝冷凍睡眠〟といえば、『三体』では〝冬眠〟という言葉をよく使っていたな。これも涼しげでいいね」

『三体』は第一巻が二〇〇〇年代末に中国で出版され、以降世界的なベストセラーになっているSF小説のシリーズだ。ぼくは未読だが、最近アメリカで作られたドラマ化作品を観たら、なかなか刺激的だった。

「〝冷凍睡眠〟て、SFではポピュラーなアイディアなんですかね」と、高橋の素朴な質問。

「現在、最も実現可能なタイムトラベルが〝冷凍睡眠〟だからね。原理も分かりやすいし。まあ、未来への一方通行だけど」

「なるほど」

「高ちゃん、何にするの。キープのハーパー？」と、会話の切れ目を見計らって小山さんが注文を訊いた。

「そうですねえ……じゃあ最初はカクテルで、マルガリータを」

「はいよ」

赤井氏が微笑した。「〝冬眠〟から〝雪〟を連想して〝塩〟に辿り着いたね」

「てへ、わかりましたか」

「赤井さん、素晴らしい推理です」と慶子さんが言って、新鮮なライムとカクテルグラスを小山さんに手渡した。

「まあね」

「テキーラはクエルボ？　サウザ？」小山さんが高橋に訊く。

「どう違うんですか」

「サウザの方がさらっとしてるかな」

「じゃあサウザで」

小山さんが小型ナイフでライムを二つに切り、その切断面で深めのグラスの縁をなぞって果汁を付着させた。皿に食塩を敷き、そこにグラスの縁をグルリと当てて万遍なく塩をまぶす。シェイカーにサウザとコアントローを注いだ後に、ガラスのスクイーザーで搾った生ライムジュースをぶち込む。氷を入れてひとしきりシェイクすると、高橋の前にグラスを置き、中身を注ぎ込んだ。

「一口飲んで」

例によってカクテルの〝もっきり〟だ。小山さんならではの常連サービスである。

高橋が口から行って、ズズズと飲む。そこにシェイカーから注ぎ足される。

「うん、さっぱりしていて夏向きですね。――慶子さん、マルガリータのカクテル言葉って何です？」と、唇に塩を付けた高橋が訊いた。

「ちょっと待ってね」と、慶子さんがアンチョコをめくる。「――『無言の愛』ですね」

「じゃあ」高橋が無言のドヤ顔を慶子さんに向けて、グラスを掲げた。

「やあだ」と、慶子さん。

ぼくもやあだ、だ。

隅の席の老人も例によって『カクテルってぇのはな、ハレの日に飲むもんなんだよ』と言いたげに、半分ゾンビのような顔を顰めていた。

小山さんのシェイカーの音に誘われたか、テーブル席の外国人コンビが振り向いて見ていた。

「Excuse us」と、スキンヘッドの外国人客がメニュー表を掲げながら言った。「XYZ, two please」

「小山さん、ＸＹＺを二つだって」と、希さんが伝える。

ＸＹＺは〝最後の〟という意味を持つカクテルだ。その名のとおりたいそう強いカクテルで、頼む客は滅多にいない。さすがは外国人だと思った。

小山さんはシェイカーにロンリコ１５１を注いだ。アルコール度数75・5度という驚異的に強いラムだ。そこにコアントローで甘みを追加し、生搾りレモンをぶち込む。氷とともにシェイクして、二つの逆円錐型のグラスに交互に注いだ。

慶子さんがカウンターから出てきて、テーブルまで運ぶ。

「Thanx!」

「ユーアーウェルカム」と、慶子さんがたどたどしく言う。

「This is amazing!」

「This is the Bomb!!」

小山さんの作ったＸＹＺを一口啜り、二人の外国人客が歓声を上げた。

「Good for you. Where are you from?」と、希さんが言った。

「LA」

「Oh, nice place」

「I think so too」

「Are you a regular here?」と、今度はロン毛の外国人が希さんに言った。

「Yes」

会話が頗《すこぶ》るスムースだ。

希さんは、七〇年の大阪万博でオーストラリア館の通訳を務めた伯母さんに憧れて同じ通訳を目指し、大学の英文科で英会話の修業をした。その後は外国政府機関を転々としたが定着せず、若さに任せてフランスに渡ったという。三年住んでフランス語もマスターし、帰国したところ、それが役立ってカナダ大使館に職を得て、定年までの二十三年間勤めた。根っからの国際派だ。

「It is a great bar, isn't it?」と、スキンヘッド。

「I love this bar. Enjoy your time here!」と、希さん。

「Thank you!」

隅の席の老人の幽霊がまた顔を顰めていた。

「〝冷凍睡眠〟といえば――」と、赤井氏が話を戻しながらコースターの裏にラクガキを始めた。「〝デモリマンション〟て何のことだかわかる？」

「出戻りマンション？」と、慶子さん。「それと冷凍睡眠がどう関係があるんですか」

「雨漏りマンションならウチだけど」と、高橋。

「大丈夫か」と、ぼくは言った。

「ウソですけどね」

「なんだ」

「で、どんなマンションなんですか」と、慶子さんがさらに訊いた。

「普通そう思うよね」と、赤井氏。「でも、マンションとは何の関係も無いんだ」

赤井氏はＳＦだけでなく、アクション映画にも詳しく銃器に造詣が深い。たぶんその関係だろう。

「実は『ロッキー』のシルベスター・スタローン主演の九〇年代ＳＦ映画『デモリションマン』の誤植なんだ。例の〝冷凍睡眠〟で未来に行った警官の話さ。公開当時、ある雑誌に紹介記事を書いたんだけど、タイトル表記でデカデカと誤植されて世に出てしまった」

当たった。だが、不勉強ながらぼくは観たことがなかったし、この話も初耳だった。気になる……。

赤井氏はコースターの裏の絵を皆に見せた。スタローンの似顔絵だった。口がひん曲がっており、特徴をよく捉えている。

「I like Rocky!」と、外国人客が叫んだ。

「Yeah! Me too!」と言って、赤井氏は似顔絵コースターを彼らに渡した。「Gift for you!」

「Thanx! It's great work!」

赤井氏は話を続けた。「言ったとおり〝冷凍睡眠〟から『デモリションマン』を思い出したわけなんだけど、必然的にあの誤植の記憶もくっ付いてくるんだ。思い出すたびヒヤリとする」

「さらに寒くなるんですね」と、慶子さん。

「まさに」

「うまい！」と、ぼくは言った。

「――当時はまだ手書き原稿と写植の時代でね。もちろんボクはその原稿を正しく書いたし、字も悪筆ではないという自負がある。しかし、写植屋が勘違いして打ち込んでしまったんだよ」

「手書き……」と、慶子さんが繰り返す。

「わたしもカナダの観光案内の原稿を手書きで書いていた時期があるわ」と、希さん。

ぼくも、ライターの師匠である赤井氏にはずいぶん、雑誌の手書き原稿時代の話を聞かせてもらった。〝ペラ〟と呼ばれる各出版社専用の二〇〇字詰原稿用紙がライターには支給され、それに学校の作文のように鉛筆で書く。もし追記があれば線を引っ張って小さく書き込む。

提出すると編集者が朱字《あかじ》で修正するか、根本的にダメな文章の場合は担当者自ら新しい原稿用紙に頭からリライトする。原稿用紙が真っ赤だと写植屋も判読が大変だし、それ以前にグラフィックデザイナーが文字数を数えるのに難儀するからだ。正確に何文字あるかが分からないとレイアウトができないのである。今のようにPC上でテキストデータを流し込んで後から直すということはできなかった。

赤井氏が続ける。「さすがにもう金属製の活字を拾う時代じゃなかったけど、電算写植といって、オペレーターが手書き原稿を見ながらワープロで打ち込むんだ。それが写真植字されて版下になるわけ。今はライターがワープロ原稿のデータを渡して済むけど、その中間部分の仕事が存在した時期があったんだね。で、そこでオペレーターの思い込みや勘違いが生じる隙ができる。なじみのない〝デモリションマン〟という字面を見て、既に知っている言葉である〝マンション〟を無意識に置き換えてしまったんだな」

「なるほど～」と、慶子さん。「今で言う〝空目《そらめ》〟ですね」

「そんな言葉は無いけどね」と、すかさず高橋。「まあでも、わかります」

赤井氏が頷く。「せっかく〝なんとかマン〟てヒーロー風なタイトルなのに、はっきりマンションになってしまったという可笑しみはある。他人事だったらケッサクだと言って腹を抱えて笑うところだったよ。これが〝デモリショマン〟とか〝デモションマン〟になってても、ああ脱字だな、くらいにしか思わない」

「確かに……」

赤井氏はビールで口内を湿らせてから続けた。「そもそも日本人は馴染のない外来語を覚える時、既に知っている言葉を当て嵌《は》めたり、引っ張られたりしがちなんだよ」

「はい」と、高橋が生徒のように手を挙げる。「近所のお婆さんがラーメンの〝チャルメラ〟のことを〝チャラメル〟って呼んでました。〝キャラメル〟に引っ張られてますね」

川田氏が思わず苦笑して指先のキャメルを見つめた。

「うん、そういうこと。――引き続き映画関係で言うと、動画のフィルムとは別に宣材用に撮影された写真のことを〝スチール〟と呼ぶ人がいる。昔の邦画やドラマのクレジットにもそう書かれていたりするので、業界的に一種の習慣になっていたんだろう」

「聞いたことがあります」と、高橋。

「しかしスペルは〝still〟なんだ」

「ああ、〝静止した〟〝そのまま〟という意味ですね」

赤井氏が頷く。「転じて〝静止画像〟ということになる。動画である〝ムービー〟に対する映画業界用語だ。だけど、〝スチール〟としてしまうとオンビキが入るから止まった感じがしない。一方〝スチル〟と書けば止まった感じが出る。だからボクはオンビキ無しで発音するし、映画関連の原稿でもそう書くようにしている。まあ、今どきはそうしている人が多くなっているね。なぜ昔は〝スチール〟と呼ぶ人がいたかというと、たぶん〝鋼鉄〟〝ハガネ〟という意味の〝スチール〟の方が先に認知されていて、ついそちらに引っ張られたということなんじゃないかと睨んでいるんだ」

「〝still〟〝steel〟」と、希さんが素晴らしい発音で言う。

「あ、ほんとだ。違う」と、慶子さん。

そこで小山さんが割って入った。「〝スチール・アンド・アイアン〟ていうカクテルがあるよ。ジン・ベースのショートドリンクなんだけど」

「〝鋼と鉄〟か。凄そう」

「へえ、面白い。じゃあ次はそれ下さい」と言って、高橋がマルガリータの残りを飲み干した。

「いけるねえ」と、赤井氏。

小山さんが冷蔵庫から細長いショットグラス、ビーフィータージン、そして見知らぬ小さな瓶を出してきた。ベージュ色の紙に包まれ、緑のラベルには〝Underberg〟とある。リキュールだろうか。グラスに無色透明のジンを四分の三ほど注ぎ、小瓶から褐色のリキュールを垂らすように注ぐ。両者は交わらず、上下二層になった。たぶん上の褐色が錆《さ》びた鉄を、下の無色が鋼を表しているのだろう。

そっと高橋の前に置かれる。「一気にどうぞ」

「あら綺麗《きれい》ね」と、希さん。

高橋がグイと呷って言った。「うん、薬草味が全面的にフィ、フィ、ーチャ、ャ、ーされてるけど、スキッとなりましたよ」

あのリキュールは薬草酒だったらしい。

「それはよかった」

「お、さすが塾の先生。ちゃんと言えたね」と、赤井氏。「——使い所はともかく」

「何か？」と、高橋が怪訝《けげん》そう。

「〝フィーチャーする〟は〝特集〟や〝前面に押し出す〟ことを意味する言葉だけど、〝あれを〝フューチャーする〟と言う人が結構いる」

「ああ、いますいます。あれはおかしいですよ」と、高橋も同意する。

「〝バック・トゥ・ザ・フューチャー！」と、慶子さん。

「そう。たぶんあの映画のお陰で〝フューチャー〟という語感が一般に爆発的に広まったんだと思うけど、〝未来〟という意味なのは義務教育で教わっているはずなのに、いい大人が〝フューチャーする〟なんて言ったりする。〝未来する〟ってどういうことだろうね。ハミルトンの『キャプテン・フューチャー』を読んで育ったボクらＳＦ小僧は絶対に間違えないいんだけどな」

高橋が引き継ぐ。「〝future〟は中学二年次に未来形の文法とセットで教えるんですけどねえ。――そうそう、これははっきり誤発音ですが〃シミュレーション〃を〃シュミレーション〃と言う人も多いです。私なんかはシミュレーションゲームをやり込んでいるんで、絶対に間違えません。発音しづらいのは確かですが」

「〃趣味〃のシュミレーションだったりして」と、慶子さんが茶化す。

「オモシロイネ」と棒読みで言ってから高橋が続ける。「――これ不思議なんですけど、間違っている人ほど使いたがるのは何なんですかね」

「見栄坊なんだろ」と、川田氏がバッサリ。

「相変わらず厳しいな、センセは」

「まあ、そうなんでしょうけど」と、高橋。

「思うに――」と、赤井氏は言う。「〃フィーチャー〃も〃シミュレーション〃も発音しづらい。だから、正確に覚えている人ほど面倒臭くて口にしないんだ。一方、間違えている人は発音し易い方で覚えているからバンバン口にする」

「ああ、そうかも知れません……」と、高橋。

「きっとそうですよ」と、ぼく。

「そうかなあ。〃feature〃〃simulation〃」と、また希さんが素晴らしい発音で言う。

「口が覚えているから間違えようがないんだけど」

「そりゃ、希さんはそうでしょう」と、高橋。

赤井氏が言う。「発音のしやすさ・しづらさというのは大きいと思う。日本語でも〝雰囲気〟を、発音が楽な〝ふいんき〟で覚えている人がいる。彼らがスマホでそう打ち込んでも漢字変換しないということで話題になったことがある。しかし、そのうちこっちが定着するんじゃないかとも言われているらしい」

「はい。〝音位転倒〟といって、昔からあることなんですよね」と、いよいよ高橋本領を発揮する。「一文字だと〝新《あらた》〟と読むのに、送り仮名を付けると〝新《あたら》しい〟になるとか、〝しだらない〟が〝だらしない〟になってしまったとか、〝舌つづみ〟が〝舌づつみ〟に変わったとか。あるいは〝山茶花《さざんか》〟が元々は〝さんざか〟だった、とかというのが有名です」

「例がざんざか出てくるなあ」と笑って、赤井氏がビールを飲み干した。

慶子さんが基本的なことを訊いた。「話は戻ってさっきの『デモリションマン』なんですけど、映画会社の人は怒らなかったんですか」

ぼくも気になっていた。作品タイトルを間違えるなど、映画ライターとしては一大事である。

「それがね、編集者と一緒に謝りに行ったら笑っていたよ。まだ九〇年代前半、大らかな時代だったなあ」

「あ、そうだったんですか」と、ぼく。

「まあ、そうなんだ」と、慶子さん。

「まあ、お金をもらって載せている広告だったら一大事なんだけど、タダで宣伝してやってるわけだからね。先方もそんなに強くは言えないわけで」

「こき下ろしたわけでもなし」と、高橋。

「評論ならこき下ろすのもアリだとは思うけどね。まあ、あの作品の場合ボクは絶賛したんだけど。本気でセンスのよいアクションコメディだと今でも思っている。もっと評価されるべきだよ」

「コメディなんですね」

「そう、コメディなんだよ。そこがわからないと」

師匠絶賛である。やはり観ておくべきだった。

「俺もその映画は微かに覚えている」と、川田氏が本を閉じて会話に加わった。「未来では警官が検事と裁判官を兼ねていて、エアバイクで空中を飛び回っている。最後は悪玉との肉弾戦で――」

「センセ、それは同じスタローンでも『ジャッジ・ドレッド』の方。どっちも同じ頃の作品だから混同している人が多いんです。最後が悪玉との肉弾戦というのも同じ」

スタローン映画はたいてい、最後は肉弾戦だ。

「ああ、そうだったか」川田氏はつまらなそうにキャメルを吸って、煙を吐き出した。

「で、やっぱり改めて『デモリションマン』と言われても、何のことやらなんですけど」と、慶子さん。

公開当時はぼくも生まれていなかったから、同じく何のことやらだが、ソフトでも配信でも観ていないというのは映画ライターとして落第かも知れない。

「だよね」

「〝Demolition man〟――〝壊し屋〟か」と、希さん。

「そう。映画の中のスタローンは優秀な警官だったけど、捕物中にやたら物を壊すヤツという設定だった。それで〝壊し屋〟の異名をとっていたんだ」

「やっぱりなじみの無い英語ですね」と、高橋。

塾講師ですらそうらしい。

「うん、なじみが無いよね。原稿を見た写植屋さんもなじみが無いから間違えた。編集者もなじみが無いからスルーだった。で、読者もなじみが無いからクレームも無かったね」赤井さんが苦笑する。

「なじみ無い尽くしですね」と、慶子さん。

「同じ穴のなじみだな、がはは」と、小山さんは自分のオヤジギャグに自分で笑った。

「それは〝むじな〟！」

「大きい文字ほど見逃すんだ」と、川田氏が経験ありそうに言う。「今はワープロ時代だから誤字は圧倒的に筆者のミスが原因だが、手書き時代は写植職人の勘違いもけっこうあったもんだ」

「ああ、それで〝誤植〟っていうんですね」と、高橋。

「なんだ、知らなかったのか」と、ぼくはツッコんだ。

「教科書には出てこないからなあ」

「デジタルネイティブだねえ」と、赤井氏。

「Demolished……」と、外国人客がつぶやいた。

見ると、二人ともテーブルに突っ伏している。さすがにXYZは効いたらしい。

川田氏が話を続ける。「誤植といえば、今しがたレッドが言った『異名をとる』で思い出す笑い話がある」

〝レッド〟というのは川田氏が赤井氏に付けた仇名《あだな》だ。

「『異名を持つ』じゃないんですか」と、慶子さん。

「実は違うんだよ」と、高橋が先ほどの挽回《ばんかい》にまわる。

川田氏が頷く。「本来は『異名をとる』というのが成句なのさ。知合いの編集者が、ゲラの『異名を持つ』の〝持つ〟を〝とる〟に直そうとしたんだ」

「〝ゲラ〟というのは校正紙のことね」と、すかさず赤井氏の解説。

赤井氏は編集協力の経験もあるし単著も出しているので、ゲラに触れることが多いと聞く。駆け出しライターのぼくはまだほとんど無いが、それでも校正記号はいくつか覚えたものだ。さらに興味深い話題になってきた。

「で、朱字で〝とる〟と書いた。すると写植屋が〝持つ〟をトルツメしてしまった」

「〝トルツメ〟というのは校正用語で、その文字を取って空いたスペースを詰めるという指定ね」と、再び赤井氏。

「だから『異名を』……のままになって、意味が繋がらなくなった」

「ははあ、異名がどうした、ってなりますよね」と、慶子さん。

「うん」

赤井氏が引き取る。「先日、SNSでもそんな体験談を見掛けたなあ。ある作家さんの原稿で、『お母さん』と『ママ』が混在していたので『ママ』に統一しようとしたんだけど、『お母さん』のところに朱字で〝ママ〟と書いたら、それを見た校閲さんが念のため『〝ママ〟に直す、でいいですよね』と確認してきたという」

「こんがらがってきました……。どういうことですか」

「カタカナで〝ママ〟というのは、校正用語で〝そのままで〟、つまり変更無しという意味なんだ。『お母さん』をそのままにするのか『ママ』に変えるのか、判断が分かれたということだね」

「へえ、ややこしい」と、高橋。

「〝ママ〟で思い出した！」慶子さんが手を打ってから言う。「『マ・マー』っていう老舗《しにせ》のパスタのブランドあるじゃないですか。あれ、マとマの間にある点で、校正用語で〝ナカグロ〟っていうんですよね」

「まあ——校正用語というか印刷用語かな」と、赤井氏。「最近はネットやワープロの普及で一般の人にも浸透しているみたいだね。ボクなんかライターデビューするまであの〝点〟の呼び方を知らなかったんだけどな」

「まあ昔はな」と、川田氏。

「あれはなんで〝ナカグロ〟なんですかね。じゃあ、赤い字だったら〝ナカアカ〟で、青い字だったら〝ナカアオ〟なのかな」

「それはないな。専門家じゃないから語源はわからない。普通に〝ナカテン〟て呼ぶ人もいるよ」と、赤井氏。

「そっちのが断然わかりやすいのにね」

「〝ナカグロ〟の方がクロウトっぽい感じはあるな」と、川田氏。

「クロだけに」と、高橋。

「オヤジっぽい」と、慶子さんがツッコんだ。

慶子さんが続ける。「話はまた戻りますけど、『マ・マー』にナカグロがあるのはなぜなのかなあ」

「ああ、それは簡単。『ママー』にしたかったんだけど、既にどこぞに商標登録されていたからナカグロを足して差別化したんだ。つまり〝大人の事情〟だよ」と、赤井氏。

「それだけなんだ……」拍子抜けしたような慶子さん。

「案外そんなもんさ」

「では、わたしからもウンチク問題！」慶子さんがコホンと咳払いする。「パスタといえばイタリア、イタリアといえばピザだけど、『ピザハット』のロゴの上にあるのは何でしょう」

「流れが強引だなあ、慶子さん」と、ぼくはツッコんだ。

「ハットだけに帽子じゃないのかね。ツバ付きの」と、赤井氏。

「ブブーッ！」

「え、違うの？」と、思わずぼく。

どう見てもあれは帽子だが。

「ハットのスペルはhut、〝小屋〟なんです。そしてあの帽子のようなのは小屋の屋根らしいです」慶子さんが得意げに言う。

「引っ掛け問題だな。どう見たって帽子だ」と、川田氏。

「〝hut〟と〝hat〟で誤記しやすいよね。原稿に書く際は要注意だなあ」と、赤井氏。

「――どうでもいいことなんだけど『ピザハット』で思い出した。話はまたグッと戻って、『デモリションマン』を試写で観た時、劇中のセリフと看板が『ピザハット』だったはずなのに、記事を書く関係で二回目の試写に行ったら『タコベル』に変わっていたことがあったんだ」

「またグッと話を戻しましたね」と、ぼく。

「試写会ってそんなにあるんですか」と、慶子さん。

「うん。一般のお客さんを抽選で呼ぶ、いわゆる劇場試写をやる前に、映画会社の中にある試写室を使ってマスコミ試写というのを一定期間やるんだ。たまたまその間にフィルムの差し替えがあったんだろうね」

「しかし、よく気が付きましたね」と、高橋。

「当時は『タコベル』なんて店名は珍しかったからね。それに、あるシーンの大きな舞台になっていたし、庶民の店のはずが未来では超高級店に変わっていたというオチもあるので、印象に残ったんだな」

「どうして差し替えなんてことが？」

「やはり〝大人の事情〟だろう。タイアップの関係か」と、川田氏。

「そんなところでしょうね」

「でも三十年前って、後からフィルムの中の看板なんて直せたんですか」

「もうデジタル化が進んでいたからね。ＣＧもけっこう実用化されていたよ。あの『ジュラシック・パーク』と同じ頃だからね」

スティーブン・スピルバーグ監督の『ジュラシック・パーク』とその続編に出てくるＣＧの恐竜のリアルさには、ぼくも度胆を拭かれたっけ。

「ふーん、そうなんだ……」

川田氏が人差し指を立てた。「小山さん、夏らしいボサノバが聴きたいな」

「これでいいかい」

小山さんが出してきたＬＰジャケットは、黒枠にオレンジ色の抽象的な図柄。タイトルに〝GETZ/GILBERTO〟とある。

「ＯＫ」

ほどなく、涼しげな男性ヴォーカルが流れてきた。

外扉とスイングドアが続けて開き、客が入ってきた。

「いらっしゃいませ～」と、慶子さんが声のトーンを上げて言った。

隅の席に座っている老人の幽霊が入口を見た。が、例によってすぐに興味を失い、頭を戻した。

「看板がどうしたって?」と挨拶代わりに言ったのは、丸の内OLのさっちゃんだった。

えらく耳がいい。今日は白いカーテンをそのまま引っ掛けてきたようなワンピースを着ていた。すぐ後ろから茶髪のショートカットの女性も入ってきた。さっちゃんと同じくらいの年齢か。背格好も似ている。こちらは黒いシャツに臙脂《えんじ》色のゆったりしたスカートだ。

「こんばんは。今日はお友達を連れてきた。杉《すぎ》ちゃんです」

「杉本《すぎもと》です。旧姓ですけど」と、杉ちゃんがペコリとお辞儀をした。

二人は、壁際のテーブルの高橋のカバンの隣にそれぞれのバッグを置くと、川田氏と赤井氏の間に座った。川田氏がタバコを揉み消す。

「わあ、バラが綺麗」と、杉ちゃんがぼくの前にある花瓶を指差した。

「でしょ」と、さっちゃん。「ここには一年中、赤いバラが飾ってあるの。きっちり二十本よ」

「二十本もあるんだ……」

頷いてから、さっちゃんが言う。「小山さん、ビールちょうだい」

ビールの中瓶一本と小型のビールグラス二個が出された。二人は互いに注ぎ合う。

「お疲れさまでした」

カチンとグラスが鳴る。

「お疲れさま」と、赤井氏と高橋もグラスを掲げる。

ぼくは前にある空のグラスに目を落とした。

「何のお友達？」と、小山さんが訊いた。

「会社の同期。六年前に寿退社して五歳児の面倒を見てる」と、さっちゃんがざっくり紹介した。

「四十歳児もね」

「ダンナのことね」と、さっちゃんが解説。

「もうポンコツで」

「ふーん」と、小山氏が受け流す。

「今日はダンナが有休を取って、息子を連れて一足先に実家に帰省しているんですって。それで命の洗濯をしたいって言うんで、こうしてグチを聞いてやってるわけ」と、さっちゃんが解説した。

他人のグチを聞いてやれるほど、さっちゃんもすっかり平常運転に戻っているらしい。何よりである。

「ここでも存分にグチをこぼして行ってくださいな」と、慶子さん。

「優しい」

「でしょ」

「で——さっきの続きを話してよ」

「ええと……」杉ちゃんが首を傾げる。

「看板の話」

「ああ、あれね」

「奇遇だね、看板繋がりなんて」と、赤井氏が興味を示す。「——あ、ボクら聴いていても大丈夫？」

奇遇——そういえば先ほどは映画の中の看板の話をしていたっけ。ぼくも、さっちゃんと友達の杉ちゃんの会話に聞き耳を立てた。

「どんどん聴いてやって」と、さっちゃん。

「ええと、一家の恥を晒《さら》すようなんだけど——」と前置きをして杉ちゃんが語り始めた。「先週金曜日、ダンナが残業で遅くなるから夕飯は要らないって連絡が入ったんです」

「ちゃんとしてるね」と、赤井氏。

特に肯定せず杉ちゃんが続ける。「で、わたしはいつものように車で五歳の息子を保育園まで迎えに行って、その足でＪＲの最寄駅の方まで回って買い物をして、スーパーで値下げ品の惣菜《そうざい》を買って帰ったんだけど……」

「ああ、あたしもそれよくやる」

「家で二人で夕飯を食べている時、息子が『さっきパパを見た』って言うのよ。走っている車の窓から見えたって」

「どこで」

「駅前だって」

「え、なぜそんな時間差で言い出したの？」

「確かに」と、赤井氏。

「もちろん息子も、見た直後にわたしに言おうとしたらしいんだけど、ちょうどその時、近くの車が追突事故を起こして大騒ぎになったの。それで頭から飛んじゃったらしいんだわ」

「それは飛ぶわ」

「するとダンナさんは会社から地元に帰って来てたの？」と、赤井氏。

「そうじゃなくて」と、さっちゃんが代わりに解説する。「ダンナは地元駅前の証券会社の支社に勤めているのよ」

「なるほど。どっちにしろ、たいした残業ではなかったということか」

杉ちゃんが続ける。「それで息子に、正確にはどこで見たのかと問い質《ただ》したんだけど――」

「うん」

「〝アリサ〟っていうお店の所だったたって言うの」

「〝アリサ〟かぁ」と、赤井氏が意味ありげに繰り返す。

「もうカタカナ読めるんだ、エライね。それ、お店の前にいたってこと？」と、さっちゃん。

「それが……中へ入っていったらしいのよ」杉ちゃんが忌々しそうに言って、ビールを飲み干した。

「〝アリサ〟に？　あちゃー」と、さっちゃんが杉ちゃんのグラスにビールを注ぐ。

「ははぁ」と、赤井氏。

「独りでですか」高橋も興味を示す。

「息子によれば、独りだったらしいです」と、杉ちゃん。

「ううむ」と、赤井氏が唸《うな》る。「その手の店ということだなぁ」

ぼくも唸った。妻子が値下げ品の惣菜でつましく夕飯を摂っている頃、ダンナは残業と偽って女性のいる店に入り浸っている。家族持ちとしては結構な問題行動だろう。

「それは問題ね……」と、希さんも言う。

「例えば、スナック、キャバクラ――」と、さっちゃんは遠慮がない。

赤井氏も続く。「パブ、ガールズバー、後は……もう言えねぇ」

〝アリサ〟という女性名なら、ぼくの想像もそんなところである。まあ、赤井氏のように口に出すのが憚《はばか》られる店も頭に浮かぶが、さすがにそれはダンナとして大胆過ぎるのではないか。よくわからないが。

杉ちゃんは黙ってビールを飲んでいる。

「で、どうするの？」と、赤井氏。

「直接ダンナに詰め寄るというわけにもいかないもんね……」と、さっちゃん。

「ええ……五歳の息子の話だけで、ちゃんとした証拠も無いし。——それで、後日わたしも駅前を探してみたの。片っ端から、それこそシラミ潰しに。でも、どうしても見つからないんだわ」と、杉ちゃんが前髪を乱暴に掻き上げる。

「それはモヤモヤするわね」と、希さん。

「はい……」

「これはミステリーですね……」と、慶子さんが言った。

「慶子ちゃん、すぐそう言うのよくないよ」と、小山さんが窘める。

「まあいいじゃないの」と、さっちゃん。「いうなれば〝店舗消失ミステリー〟よね。実はその後すぐ店が潰れて看板を下ろしてたとか。——いつ探しに行ったの？」

「土日は出られなかったんで、週明け月曜日よ。パートの帰りに。息子を連れて行ければよかったんだけど、パートの日は保育園に預けてるし」

「まあ、たった三日では潰れないか」

「それは起点がおかしいよ。以前から閉店が予定されていたなら、ないとは限らないね」と、赤井氏。

「そうですね。でも、閉店したばかりという店は見当たらなかったです」と、杉ちゃん。

　さっちゃんがビールで喉を潤した。「駅前じゃないのかもよ。息子ちゃんの勘違いで」

「もちろん駅から家までの道も探したのよ。車で何往復かして」

「失礼ながら――」と、川田氏が口を挟んだ。「そもそもお子さんは正確にカタカナが読めているのだろうか」

「ええ、改めてカナ表を見せてテストしてみましたが、全部読めましたし、書けました」

「ほう」

「やっぱ優秀だわ」

「ダンナに似ず」

「男性向け飲食店という前提が間違っているのかも知れない」と、川田氏。

「前提ねえ」と、さっちゃん。

川田氏が続ける。「キャバクラやガールズバーは女性従業員を複数雇っていて、個々が名前を売って稼がなくてはならない。だから単独の女性名を店名にすることはあまりない。一方、風俗店の場合は店名にそれほど拘ることはないので女性名はありうる。しかし、目に付きやすい表通りに看板を掲げているとは思えない。いずれも除外していいと思う」

「さすがセンセ、お詳しい」と、赤井氏が冷やかし混じりに言う。

川田氏がさらに続ける。「もちろん、バー、スナック、時にはパブなどは、女性店主の名前を付けることが多々ある。今どきは〝ありさ〟という日本名もあるので可能性は高い。すると飲酒が主な目的ということになるが、邪《よこしま》な動機がなかったとは言い切れないだろう。だが、そういう店では何も発展しないことはよく知られている」

「最後のところは個人の感想じゃないの？　センセ」

「男性向け飲食店以外の、それっぽいパターンの店ということであれば――」と、高橋がスマホを見る。「今ざっと検索してみたんですが、喫茶店・洋菓子店・美容院・エステ・ネイルサロン・写真館・花屋・カレー屋等々、多岐に亘《わた》りますね」

「え、もう一度言って」と、さっちゃん。

「はい、これ」と、慶子さんが紙片を差し出した。

見ると、高橋が列挙したものが既にメモしてある。さすがは慶子さん、機転が利く。

「お、ありがとう」

皆で回し読みする。

「それらしい喫茶店は無かったですね。有名なチェーン店やコーヒーショップだけで」と、杉ちゃん。

「洋菓子屋や花屋に寄ってたんなら素敵だな」と、さっちゃんが夢見るように言う。

すかさず杉ちゃんが返す。「ちゃんと家に持ち帰ってたらね」

「……だよね」さっちゃんが肩を竦める。

杉ちゃんが男性陣に訊く。「美容院やエステといった女性の行くような店はよく見ていなかったんですが、可能性はありますかね……」

「横文字だったら息子君には読めないよね」と、赤井氏。

川田氏が黙って頷く。

「高級店ほど横文字ですよね」と、ぼく。

「ああ、そうだよね」と、さっちゃん。

「もうすっかり出尽くしたかな……」と、赤井氏。

「――なんなら、あたしから直接ダンナに探りを入れてみようか」と、さっちゃん。

「ど、どうかな……」杉ちゃんは渋い顔だ。

さっちゃんが出て行ったら、余計ややこしいことになりそうだ。

杉ちゃんがビールを飲み干した。そのグラスにさっちゃんが注ぎ足そうとしたが、たいして残っていなかった。

「小山さん、ビールもう一本ね」

「はい」

さっちゃんが瓶を受け取った。杉ちゃんがグラスを差し出す。


「こんな時……そろそろ出て来るんじゃないか」と、赤井氏がおもむろに言った。

「出て来るって……」

常連たちが顔を見合わせた。

「もしかして……例のお爺さんのこと？」と、慶子さん。

「もしや――」と、さっちゃん。

小山さんが食い気味に言う。「変なこと言わないでよ」

「また怖い話？」と、怖がりの希さんも顔を顰める。

杉ちゃんが不安な顔をした。「出て来るって、何ですか」

「アレよ……」と、さっちゃんが意味ありげに言う。

一度の目撃で早くも老人を受け入れているようだ。

「でもどうやって……」

一同、互いの顔を見合わせている。

「お～い！　お爺さん、そこにいるの？」と、大胆にも慶子さんが宙空に向かって叫んだ。

希さんへの憑依を見たのと自身の経験で、彼女も完全に受け入れている。

「やめなよ、慶子ちゃん」と、小山さんが制する。

彼も、認めざるを得ないけれど、できたら遠慮したい派なのだ。

その時、皆の期待に応えるように、隅の席の老人の幽霊に動きがあった。

その姿が次第に崩れて霞のようになると、フワフワと宙を漂い、テーブル席の方へ移動した。

酔い潰れている外国人客の一人、スキンヘッドの方に近付くと、その小山のような背中に吸い込まれていった。

しかしそれは、ぼくにしか見えていないはずなのだ。

それにしても、老人は「ちょいとトイレに」とでも言うように易々と〝憑依〟する。

いったいどうやっているのだと、毎度感心してしまう。

『……ぐう……In to the…… omigni……』と、俯《うつぶ》せのままスキンヘッドは言った。

一同、キョロキョロと声の出所を探した。

『……In to the…… omigni……』スキンヘッドが再び言う。

皆が声の出所に気付き「まさかな……」という顔をした。

「Run that by me again?」と、希さんがスキンヘッドに訊き返した。「もう一度言ってください」

希さんは自身が老人に憑依されたことはあるが、現象について客観的には知らない。だが、勘が鋭いのか異変を察知しているようだ。

『……In to the…… omigni……』

「なんか、発音が変ね」と、希さん。

「もしや……」と、慶子さん。

今や、全員が振り向いて外国人のテーブルを注視していた。意外な相手ではあるが、タイミングからして老人が呼び掛けに応えた可能性が高いと思い至ったようだ。

そしてそれは正しかった。

「〝イン・トゥ・ジ・オミグニ〟って聴こえませんでした？」と、高橋。

確かにそのようにも聴こえる。外国人に憑依すると、やはり外国語を話せるようになるのだろうか。いや、そもそも老人は外国語に堪能なのかも知れない。

「〝オミグニの中へ〟かなあ」と、希さん。

「〝オミグニ〟って何？」と、慶子さん。

「ねえ、今は〝アリサ〟のが大事よ」と、さっちゃん。

「それはもういいよ……」と、杉ちゃん。

「いや」と、赤井氏が遮る。「何かのヒントかも知れないんだ」

赤井氏も憑依に気付いているようだ。

「ヒントって……」杉ちゃんが怪訝そうな顔をする。

「何それ」と、希さん。

「本当かね」川田氏は依然、懐疑的だ。

「とりあえず〝omiguni〟と〝omigni〟で検索してみます」と、高橋がスマホに打ち込んだ。「――ええと、〝omigni〟の方がラテン語で〝私の友達〟と出ましたけど」

「ラテン語なんだ」と、慶子さん。

「あら？　ラテン語で友達は確かamicaとかamicusとかだった気がするけど……」と、希さんが言う。

スマホが回覧された。

「どれ。ほんとだ。しかし発音は〝オミニ〟って言ってるよ」と、赤井氏。

音声も再生できる翻訳アプリらしい。

「そもそもそのスペルでよかったの？」と、さっちゃん。

「〝私の友達〟か。〝私の友達〟……」と、高橋は意に介さない。

「〝私の友達の中へ〟って、どういうことだろう。〝友達になってくれ〟ということかな」と、慶子さん。

「それじゃただの社交辞令じゃない」と、さっちゃん。

「ヒントだと思ったんだがなあ……」と、赤井氏。

「なあんだ、お爺さんと関係無かったのか」と、慶子さん。

ただの酔っ払いの寝言だと判断してしまったらしい。一同、たちまちスキンヘッドへの興味を失ってしまった。

しかし、老人の幽霊がスキンヘッドに憑依するところをはっきり見たぼくは、必ず何かあると思っていた。

『……インドジン……オ……ミギニ……』

スキンヘッド＝老人霊の発音が少し明瞭になった。なんとか日本語に聴こえる。

「え、日本語？」と、さっちゃんも言う。

「『インド人を……右に』って言ってません？」と、高橋。

『……インド人……を……右に……』

「あ、言ってる」

「空耳アワー？」

『……アリサを……考え直せ……』

「今度は『アリサを考え直せ』って言った」と、慶子さん。

「ああ、言ったね」と、赤井氏。

やはり〝アリサ〟についての謎解きが始まったのだ。

『……解決……の……カギ……は……誤植……だ……』と、スキンヘッド＝老人霊がはっきりした日本語で言った。

「やっぱり日本語しゃべってる」と、慶子さん。

希さんは状況がわからず、口をアングリと開けていた。

「解決のカギは誤植……？」

一同は改めて、スキンヘッドが現在我々が頭を悩ませている謎に対して、何らかの示唆を与えてくれていると考えたようだ。

「あんた……誰だい」と、赤井氏がスキンヘッド＝老人霊に訊いた。

『……』

「もしや、この店で倒れたご老体――なのか？」川田氏が鋭く訊く。

『……そう……思い……たければ……思うが……いい……』と、スキンヘッド＝老人霊は突っ伏したまま、くぐもった声で言った。

「あなた……幽霊さん？」と、慶子さんが訊いた。

『……そう……かも……知れない……よ……』

「ひぃ〜」と小山さんが情けない声を上げた。

「さっきのがヒントということなのか」と、赤井氏。

『……何度……も……言わせる……な……』

「インド人が何だって？」と、さっちゃん。

『……』

しかしもうスキンヘッド＝老人霊は答えようとはしなかった。

「もしもーし」

『……』

今回の老人は特に言葉少なだ。もしかすると、外国人の口や舌をコントロールするのが困難なのかも知れない。

「いったい、何だったの？」と、希さんが自分の両肩を抱えていた。

一同は、くだんの幽霊が外国人に憑依して日本語を話したという現象に愕然《がくぜん》とし、しばらく無言のままになっていた。

外国人の二人組は依然、酔いつぶれて突っ伏していた……。赤井氏が進呈した似顔絵コースターが枕になっている。

やがて慶子さんが口を開いた。「インド人を……右に、だって？」

「解決のカギは誤植……」と、高橋が続く。

「――ああ、そうか！」と、赤井氏が膝を叩いた。

「えっ？」と、さっちゃん。

「思い出した！　有名な誤植じゃないか！」

「え、何のこと？」

赤井氏がスマホで確認してから続ける。「これはね、九〇年代のあるゲーム雑誌にあった有名な誤植なんだ。現在、ネットでもかなり拡散しているはずだよ」

「どういうことですか」と、慶子さん。

「インターネットが普及していなかった当時は、ビデオゲームの攻略法を紹介する単行本や雑誌がたくさん出ていた。その中の一つなんだけど、あるレースゲームの操作で本来なら『ハンドルを右に』となるところを、手書き原稿の文字が悪筆だったため、写植屋さんが〝ハ〟を〝イ〟と、〝ル〟を〝人〟と勘違いして打ってしまった。結果『インド人を右に』というヘンテコな文章になってしまった。レース中に突然〝インド人〟が出てくる可笑しみが受けて、伝説的になってしまったんだ……」

「確かに可笑しいですね」と、メモを取りながら慶子さんが言う。

すぐに慶子さんのメモが回覧される。

「なるほど……。カタカナの〝ル〟が漢字の〝人〟に変わってしまっているのが特に味わい深い」と、川田氏。

どうやら彼も謎解きに加わる気になったようだ。

「そういえば、なんとなく聞いたことがあります」メモを見て高橋が言った。

ぼくもこの話はどこかで聞いたことはあったが、すっかり忘れていた。何しろこれも、生まれるか生まれないかという時代の出来事なのだ。

とはいえ、逆に老人が知っているというのも奇特な話だ。やはりあの老人、只者ではない。

杉ちゃんは依然ポカンとしている。

「で、それがどうだっていうの？」と、さっちゃんがもどかしげに訊く。

「誤植がカギだと言ったな……」と、川田氏も考えている。

赤井氏が顎を撫でながら言う。「勘違い、読み違いが誤植の原因だ。ということは——〝アリサ〟は〝アリサ〟ではなかったのかも知れないぞ。いうなれば〝インド人〟の逆だ」

「元はカタカナではなかったということ？」と、さっちゃん。

「じゃあ、漢字ということはありますか？」と、杉ちゃんも半信半疑だ。

「もちろん可能性がある」川田氏が即答した。「なにしろカタカナは元々漢字だったのだから。漢字の一部を取ってカナを作っている」

「え、そうなんだ」と、慶子さん。

「そうだよ」と、高橋が常識だと言わんばかりに言う。

川田氏が続けた。「カタカナの〝ア〟は阿部の〝阿〟のヘンから来ている。〝リ〟は利用の〝利〟のツクリそのままだ」

「あ、確かに」と、慶子さんがまた書き込んだメモを回覧している。

川田氏がさらに続けた。「〝サ〟は散るという字〝散〟の左上の部分に由来しているのだが、それほど似てはいないな」

さすがは小説家だ。漢字に詳しい。

「へえ、そうなんですね。全然知らなかった」と、杉ちゃん。

「じゃあ〝アリサ〟ではなくて〝阿利散〟ということ?」と、慶子さんがまたメモを見せた。

「ああ、昔の暴走族かキラキラネームのようだな」と、赤井氏。

「ですね」と言って、高橋が杉ちゃんに見せる。

杉ちゃんが覗き込む。「う〜ん、さすがにそんな看板は無かったです……」

どう見ても五歳児がそれを〝アリサ〟と読んだとは思えなかった。

「あっ!」と、しばらくスマホとにらめっこをしていたさっちゃんが声を上げた。

「何？」と、杉ちゃん。

「あったよ！」と、スマホの画面を杉ちゃんに見せる。「ここ！」

そこにはグーグルマップのストリートビューが表示されていた。

「どこどこ？」

「ほら、ここ」

さっちゃんが指差した先にある看板を見た。

乃り竹

そこは寿司屋だった。

「ああっ！」と、杉ちゃんも声を上げた。

「〝のりたけ〟……？」と、高橋が読み上げた。

その店は駅前ロータリーに面した所にあり、いかにも高級そうであった。

漢字の〝乃〟、ひらがなの〝り〟、再び漢字の〝竹〟の組み合わせ。和食店によくあるパターンの店名だ。

「本当だ。絶妙に崩した書体だから確かに〝アリサ〟に見えるな。特に、小さくて粗い画像だとそのまんまだ」と、赤井氏がスマホ画面を見て言った。

「どれ」と、川田氏も覗きこむ。「なるほど、これなら幼児からは〝アリサ〟に見えるかも知れない」

「間違いないですね」と、高橋。

「素朴な疑問なんですけど、なんで寿司屋とか割烹《かっぽう》のお店って漢字とひらがなが混じってるのかな?」と、慶子さんがメモ用紙に書いて見せた。「〝志みず〟とか〝なだ万〟とか」

「ああ、それは――」と、川田氏の講釈が再開した。「古来、偶数は〝別れる〟ことを意味するから縁起が悪いとされる。だから客商売には奇数が好まれている。したがって和食屋の暖簾《のれん》はたいがい三巾《きん》か五巾だ。そこに入れやすい三文字にするため、二文字の場合は漢字を分解し、敢えてかな文字を混ぜるのさ」

「ナルヘソイエペス!」と、赤井氏。

「勉強になるぅ」と、慶子さん。「四文字の〈コースト〉は、洋食屋だから気にしてないんだろうな。暖簾も無いし」

この店の場合、スイングドアが暖簾の代わりだろうか。

「イカガワシイ店じゃなくてよかったね」と、さっちゃんが杉ちゃんの肩をポンと叩いて言う。

「一件落着!」と、慶子さん。

「さすがは〝幽霊探偵〟だ」と、赤井氏が虚空に向かって合掌する。

「ゆ、幽霊……？」と、希さん。

「やめてよ～」と、小山さん。

しかしその時ぼくには、杉ちゃんの両肩の上に「ゴゴゴゴ」という太い書き文字が浮かんでいるように見えた。いや心霊現象とかではなく、ぼくの空想だが。

「おのれ～、寿司屋だって⁉」と、ついに杉ちゃんが声を上げる。「なおさら許せん‼」

「ええっ？」

「だって、キャバクラは別に羨ましくないけど……寿司屋は羨ましいやん！」

「え、そっち⁉」と、赤井氏。

さっちゃんが深く頷く。「まあ……だよねえ」

杉ちゃんがグラスを一気に呷る。

羨ましいかどうか、ズルイかどうかで言えば確かにそういうことになるなと、ぼくも思った。妻子が値下げ品の惣菜でつましくご飯を食べている頃、ダンナは高級寿司店で晩餐だ。

これは怒り心頭案件だろう。

「まま、まま」と、さっちゃんが杉ちゃんのグラスにビールを注いだ。「今日はとことん飲も」

「ったりめーよ！」と、杉ちゃんがまたグラスを呷った。

その時ぼくは、スキンヘッドの外国人から老人の霊が蒸気のように抜け出るのを見た。いつものように霞となり、フワフワとカウンターの方へ漂って、隅の席に落ち着く。

すると、スキンヘッドがついと顔を上げた。

「Messed up!」と言って、ロン毛の連れを揺り動かす。「Hey!」

「Oops! Sorry……」

ロン毛の頬に、赤井氏のスタローンの絵がプリントされていた。

「An old man was in my dream……」

「Who?」

「I don't know……」

二人はブツブツ話している。どうやら、お爺さんが夢に出て来たと言っているようだ。

「Can I use my credit card?」と、スキンヘッドが小山さんに言う。

「カード使えるかって」と、希さんが通訳する。

「大丈夫ですよ」と、慶子さん。

「OK」と、希さん。

「Thank you!」

「さっき日本語喋ってなかった?」と、さっちゃんがスキンヘッドに訊いた。

「Sorry, I can't speak Japanese」

「For sure?」と、希さん。

隅の席で老人の幽霊がニヤニヤ笑っていた。

CHASER 03

墓場の真ん中で、男は見窄らしい老婆に手を差し伸べた。

その刹那《せつな》。

頭の後ろに強烈な一撃を受け、男は翻筋斗打《もんどりう》って倒れた。

ややあってから起き上がった男は、首の後ろに手をやった。

その手を目の前に持って来る。

薄暮の中にも鮮やかな色の血が、ベットリと張り付いていた。

男は力なく跪《ひざまず》き、手元に舞い落ちた紙に何やら細工を施していたが、そのまま石畳の上にパタリと前倒《のめ》って動かなくなった。

老婆は暫《しばら》く黙って男を眺めていたが、軈《やが》て、裸足のまま一目散に走り去った。

近くの墓石の前には、誰がそうしたのか、一冊の本が立て掛けられていた――。

BOOZE 05

アリバイ

「こんばんは」

そう言ったのは、真っ白なトレンチコートを着たさっちゃんではなく、彼女に肩を貸している三十そこそこのシュッとしたイケメン男性だった。こちらは紺色のダブルブレザーを着て、白っぽいズボンを穿いている。

「おや」と、ぼくは言った。

さっちゃんがまた、年下の新しい恋人を作ったのだと思った。

「いらっしゃいませ〜」と言ってから、バーテンダー見習いの慶子さんも続けた。「あら」

今日は黒いシャツを着ており、ぐっと精悍《せいかん》な感じがする。

皆の声を聞いてバーテンダーの小山さんも入口を見た。「おや、さっちゃん」

「さっちゃん……あれ？」塾講師の高橋も、手の上でパチンコ玉を転がしながら言った。

「大丈夫？」と、最後にSFイラストレーター兼ライターの赤井氏が心配そうに尋ねた。

カウンターの隅の席にはいつものように老人の幽霊が座っている。客たちの声に一瞬、入口に視線を向けたが、すぐに興味を失って顔を前に戻した。

十月半ばの水曜日、午後六時。木枯らし一号が吹いた今日も、新宿駅西口のジャズが流れる〈ＢＡＲコースト〉に常連たちが集まってきた。ただし、小説家の川田氏は豪勢にも南方への取材旅行のため、欠席とのことだった。

シュッとしたイケメン男性が言った。「こちらの女性がそこでコケてしまっていたのでお助けしたら、このお店に来る途中だったとおっしゃるので、お連れしたという次第で……」

丁寧な言葉遣いに好感が持てた。

「それはありがとうございました」と、ぼくはさっちゃんの代わりにお礼を言った。

「ご苦労さまでした」と、慶子さんも言った。

「さっちゃん、平気かい？」と、小山さんが言った。

「ダイジョブダイジョブ」と、へベレケのさっちゃんが答えた。「小山さん、お水チョーダイ」

「もうどこかでだいぶ飲んできたね」と言って、小山さんがアイスウォーターの入ったグラスを差し出した。

さっちゃんがグビリと音を立てて飲んだ。「ちょっとだけよ〜」

あんたも好きねえ——ではない。はっきり言って飲み過ぎだ。また何か嫌なことでもあったのだろうか。

「今日はずいぶん立ち上がりが早いね」と、赤井氏。

「午後休取って健康診断だったのよ～」

「そうなんだ」

「今はあまり健康そうには見えないですよ」と、高橋がツッコむ。

「うっさいわ！」

「危なっかしいから、テーブルの方へ行ったらいいよ」と、小山さん。

「へいへ～い……」

「じゃ、そちらへ」と、慶子さんが案内する。

イケメン男性と高橋が協力し、さっちゃんをコートのまま奥のテーブル席の椅子に座らせた。そちらはスツールと違い、背凭《せもた》れがあるのでひとまず安心だ。

さっちゃんはグラスの水をさらに半分ほど飲むと、テーブルの上に突っ伏してしまった。

「さっちゃんさんとおっしゃるんですか。皆さんに好かれているんですね」イケメンがカウンターに戻りつつ言った。

「さんは要らないよ～」と、さっちゃん。

寝たんじゃないのか。

「お疲れさまでした」と、イケメンに言いながら、高橋も席に戻る。「小山さん、ハーパーください」

「はいよ」

「お客さん——て言っていいのかしら、どちらかに御用があったんじゃないんですか？」と、慶子さんが気遣った。

「そうなんですけど……」と、イケメンは店内を見渡した。「こちらのお店、いい雰囲気ですね」

「でしょう」と、赤井氏が言った。

イケメンはカウンター席の高橋の隣に腰掛けた。「実は近くの喫茶店で人と待ち合わせをしていたんですが、場所をこちらに変えようかと思うんです」

「お目が高い」

「どうぞどうぞ」と、小山さんがコースターを置く。

イケメンはスマホを操作して、何やらメッセージを送っていた。「これでよし、と」

「じゃあ、何にしますか。ビール・バーボン・ジン・ラム・ウオッカ・スカッチ・アイリッシュ、各種カクテル——」と、小山さん。

「では、トム・コリンズを」

「ごめんなさい。トム・ジンが無くて……」

トム・ジンはとっくに製造終了しており、普通は別のジンで代用されるはずだが、小山さんは拘りがあってトム・ジンでないと作らないらしいのだ。ぼくも以前、レシピを予習してきて意気揚々と注文したことがあったが、ダメだった。残念ながらこの店ではトム・コリンズは永久に飲めない。

「じゃあ……ジン・フィズで。ジンはお任せします」

「承知しました」

小山さんがシェイカーにタンカレーと生搾りレモン汁と自家製ガムシロップ、最後に氷を入れてシェイクした。カクテルグラスに注ぐと、氷と炭酸水を加えて軽くステアする。

「どうぞ」

「ありがとう」

「ちなみに——」と、慶子さんがアンチョコを開いて言った。「ジン・フィズのカクテル言葉は『あるがままに』です」

「『あるがままに』……?」と繰り返し、イケメンは感慨深げに続けた。「なるほどな……」

「私、高橋と申します」と、共同作業をしたよしみとばかりに高橋がグラスを掲げる。

「鵜《う》入《いり》と申します」

「珍しい名前ですね。どんな字を書くんですか?」と、漢字にはうるさい高橋がすかさず訊く。

「鵜飼の〝鵜〟に〝入る〟です。親父が石川県の出身で。輪島《わじま》に鵜入町《うにゅうまち》って小さな集落があるんですが、その読み換えです」

「輪島といえば――震災ではとんだことで」

「幸い、親父の実家はそれほど被害は大きくなかったらしいんですが……まだ油断はできません」

「そうですねえ……」

鵜入氏がジン・フィズを二口ほど飲んだところで、小山さんがシェイカーに残った酒を注ぎ足した。「オマケです」

「あ……どうも」

いつもの〝もっきり〟だ。どうやら、さっちゃんの介抱をしてくれたお礼のようだ。隅の席の老人の幽霊が例によって『カクテルってぇのはな、ハレの日に飲むもんなんだよ』と言うように、半分ゾンビの顔を顰めた。

ギイッ！とスイングドアが開いた。

老人の幽霊がまた振り向いた。が、例によってすぐに顔を前に戻した。

「こんばんはー」と入ってきたのは、元大使館員の希さんだった。

「いらっしゃいませー」

「あら！」と、カウンターを見るなり声を上げる希さん。

「どうしたの」と、小山さん。

「この方、さっきお会いしたわ」と、希さんは掌を上にして鵜入氏を指し示した。

彼の方はというと、グラスを持ったまま黙って微笑んでいる。

「でも変ね……わたし、真っ直ぐ〈コースト〉に来たはずなのに、この方が先にみえているなんて」

「こちら、十五分ほど前にいらしてましたよ」と、慶子さん。

「十五分も早く？　走って来たんですか」と希さんが不思議そうに鵜入氏に訊く。

「いいえ、走ったりとかは……」と、鵜入氏が微笑を崩さず言った。

「この先でコケたさっちゃんを介抱してくれたんですよ」と、高橋。

見れば、当人はテーブル席でぐうぐう寝ている。

「えっ、コケた？」と、希さん。「わたしもよ。ねえ」

同意を求められた鵜入氏は、しかし依然、笑顔のまま黙っている。

「どういうことですか」と、高橋。

希さんが説明する。「さっき三丁目で映画を観た後、区役所通りのミスドでお茶して、お店を出たところで段差につまずいてコケたのよ。その時こちらの方が通りかかって助けてくださったの。その節はありがとうございました」

頭を下げた希さんに、鵜入氏も曖昧にお辞儀をした。

希さんは彼の隣に座ると、ビールを注文した。マイ・ゴブレットを棚から取ってもらう。ビールの瓶が置かれると、すかさず鵜入氏が酌をした。

「まあ、ありがとう」

「どういたしまして」

一口飲んでから希さんが続ける。「でも、わたしと反対の方向に歩いて行ったはずなのに、なんでわたしより十五分も早くここに着いたんですか?」

鵜入氏は答える代わりに「ふふふ」と笑った。

〈区役所通り〉は新宿駅から見て北北東に位置する。通り沿いには高そうな飲食店が立ち並び、日本一の歓楽街・新宿歌舞伎町の中でもかなり〝大人向け〟のエリアだ。

また、通りの東側には〈新宿ゴールデン街〉がある。ミスドこと〈ミスタードーナツ〉は通りの入口右手にある。一方、ここ〈コースト〉は新宿駅の西南に位置していた。両者間は約一キロメートル。徒歩十五分といったところだ。

「それはミステリーですね……」と、慶子さんが言った。

「確かにミステリーだ……」と、赤井氏も言った。

ふと見ると、隅の席の老人の幽霊が興味を示し、ニヤニヤしている。

「本当にどこにも寄り道しなかったんですか」と、高橋が希さんに訊く。

「どこかで休憩したとか」

希さんは首を横に振った。「もう、脇目も振らず一目散に」

「コケた時に打ち所が悪くて、記憶が一部飛んでしまったとか」と、赤井氏。

「頭は打ってないわね。膝を擦り剝《む》いたくらい」と、希さん。

「膝は大丈夫なんですか」

「ええ」

「頭打ってなくても、歳食うと物忘れがひどくなるからなあ」と、小山さん。

「失礼しちゃう。そんな歳じゃないわ。アルコールだって今日は今初めて摂取したのよ」

「記憶の関係ではないと」と、高橋。

「もちろん。それははっきりしてる」

「じゃあ、誰かに催眠術で眠らされたとか」と、小山さん。

「誰がどこで催眠術を掛けるのよ」

「え～と……」

「通ったのはどういうルートですか」と、高橋がスマホを持って尋ねる。

「う～んと」と、希さんは天井を見る。「――新宿駅東口まで行って……そこから地下に入って新しいコンコースを通って……西口の出口から地上に出てここまで来たわ」

〝新しいコンコース〟とは新宿駅地下を貫通する〈東西自由道路〉のことだろう。日本一のターミナル駅である新宿駅だが、ずいぶん長い間、駅を大きく迂回《うかい》する形でしか東西の行き来ができなかったのである。それが八年の大工事を経てつい数年前に完成したのだ。

「最短距離ですね」と、慶子さん。

「いや」と、赤井氏が口を挟む。「区役所通りからだと、駅の北の端を通ってもそれほど変わらない。つまり、地上を歩いて靖国《やすくに》通りから青梅《おうめ》街道へ抜ける大ガードを潜《くぐ》ってもいいし、地下の丸ノ内線沿いの昔ながらの地下通路でもいい。距離はだいたい同じだよ」

赤井氏の言う〝丸ノ内線沿いの昔ながらの地下通路〟とは、〈新宿通り〉こと甲州《こうしゅう》街道の地下を通る通路のことで、そのさらに下には東京メトロ丸ノ内線が走っている。西口から西南方向、都営線新宿三丁目駅辺りまで続いているだろうか。

途中、地下商店街の新宿サブナード・西武新宿駅・スタジオアルタ・紀伊國屋《きのくにや》書店・マルイ・伊勢丹《いせたん》・ビックカメラなど主要な施設に連絡している。昔からある地下のメインストリートだ。

「そうなんですね。すると〈思い出横丁〉脇の地下道からでもいいわけですね」と、高橋。

赤井氏が頷く。「シンプルに線路だけを潜って西口と東口を繋ぐあの狭い通路ね。若い頃はよく使ったなあ。今はすっかり明るく綺麗になったけど、昔は暗くて不潔でねえ。ホームレスも住処にしていて、散布された消毒薬の匂いがプンプンだったなあ」

赤井氏の思い出も喚起されたようだ。

「どのルートを選んだとしても距離がほぼ同じなら、追い越すのは難しいですね」と、慶子さん。

「走るか、自転車か、奮発してタクシーを使えば、あるいは……」と、高橋。

「その手段なら、もう一つのルート、中央口の前を南下して甲州街道に出て、南口経由で西口に抜けるというのは？　人混みもそれほどじゃないので、距離はあっても意外と早いかも」と、慶子さん。

「車の場合は明治通り経由じゃないと甲州街道には入れないのでは」

「ああそうか」

赤井氏が首を横に振る。「十五分前に別れたのに、十五分前に既にここに到着していたということは移動時間ゼロ。つまり瞬間移動していたことになるよ。――ワープでもしないと無理じゃないか」

「ワープって？」と、小山さん。

あ。ぼくの師匠に専門的なことを訊くと話が長くなるのだが……。

「えーと——詳しく説明すると〝ワープ〟には何種類かあって、まあ大きく分ければ二種類になるんですが、〝超光速航法〟と〝空間跳躍航法〟といって——」と、案の定、赤井氏が語り始めた。

「難しくてわかんないよ」と、いきなり遮る小山さん。

「うーん、要は物凄いスピードで移動するか、空間をジャンプするかなんですけど」

「ジャンプって？」

「つまりこういうことです」

　赤井氏が革ジャンの左肩のポケットに挿したペンを抜くと、おもむろに紙ナプキンを広げ、その両端に点を二つ書いた。ナプキンの両端を摘まんで持ち上げると、〝U〟の字に曲げて点同士を重ね合わせた。

「このナプキンのように空間を曲げて二つの地点をくっ付けてしまうんですよ」

「誰がどうやってそいつを曲げるんだい？」と、小山さん。

　さっきの小山さんの催眠術説の間接的なお返しとばかりに言う。

「ワープは宇宙船が必要ですね」と、高橋がマジレスした。

「宇宙船だって、その辺のやつじゃ無理だね。宇宙戦艦ヤマトとかエンタープライズ号とかのクラスじゃないと。それに、宇宙船は地上では使えない」と、赤井氏がマジレスにマジレスした。

三人とも鵜入氏や希さんをそっちのけで熱心に意見を戦わせていたが、やっと高橋が気付いたようだった。

「実際、鵜入さんはどのルートだったんですか」と、ストレートに訊く。

鵜入氏はニヤリと笑って言った。「今出たどのルートも通りませんでしたが」

「え。すると、どんなルートでこちらに？」と、赤井氏。

「代々木《よよぎ》二丁目から甲州街道を渡ってすぐです」

代々木といえば南口のさらに南、渋谷区だ。

「靖国通りから明治《めいじ》通りに入って南へ行って、東急ハンズの所から跨線《こせん》橋を渡って代々木に行って――」高橋がスマホの地図を見回しながらブツブツ言っていた。「どうしても遠回りにしかならないなあ。やっぱり瞬間移動ということになってしまう……」

鵜入氏がまたニヤリと笑った。「エンタープライズも転送装置も持ってないですよ」

ぼくも好きなSFドラマ『スター・トレック』関連のワードでまとめたらしい。シャレの利いた返しだ。

〝転送装置〟について小山さんが質問したならまた赤井氏の講義が始まっただろうが、今度は聞き流したようだ。

それにしても謎はそのまま残された。

ギイッ！とスイングドアが開き、新たな客が入ってきた。

「こんばんは」

その顔を見て、一同啞然《あぜん》とした。

隅の席の老人の幽霊までが、興味深げな表情をした。

入ってきたのは、鵜入氏だったのだ。

すぐに一同は、カウンターの鵜入氏を振り返った。

視線を浴びた彼は破顔して言った。「それ、兄です」

「どうも、兄です」と、鵜入兄がおどけて言った。

もう一人も鵜入氏には違いなかったのだ。そっくりなイケメンで、こちらはビジネスマンらしいダークスーツを着ていた。退社後そのまま来たという感じである。

「双子さんですか」と、高橋。

「はい、実はそうだったんです。僕は弟でした。黙っていてすみません」鵜入弟がペコリと頭を下げる。

「じゃあ、さっき助けてくれたのはそちらのお兄さん？」と、希さん。「そういえばお召し物が確かに……」

「おや、これは奇遇で」と、鵜入兄も希さんを見てハッとしていた。

希さんが奥へずれて席を空け、双子を並んで座らせた。

「ということは、鵜入氏は兄弟揃って同じ頃にコケた女性を助けたわけだね」と、赤井氏。

「双子のシンクロニシティって本当にあるのねえ」と、希さん。

「双子はテレパシーが通じているとか」と、高橋。

「それはないですね」二人同時に答えた。

「えっ、今のがテレパシー」と、小山さん。

赤井氏が解説した。「〝テレパシーでは〟〝テレパシー〟は精神感応、つまり五感や道具を使わない遠隔情報伝達のことだね」

「ええ、そういうことは一切ないです」と、弟。

「ただの偶然のシンクロです」と、兄。

耳にタコができるくらい訊かれたのだろう。

「テレパシー実験は二人で何度かしてはみたんです」と、弟。「——でも無理でした」

兄が頷く。「ただ、勘は働きますね。性格や趣味嗜好、考え方の経路が似ているので、同じ結論に至ることが多いんです」

「だから、アレとかソレとかいう指示代名詞で会話ができてしまうことはありますね」と、弟。

とっくに二人の研究結果が出ているようだ。声も同じなので、一人の人間が延々喋っているように聴こえる。

「たぶん、お二人ともレディに優しいという性格が似てるんじゃないですか」と、慶子さん。

「特にオバサンにね」と、小山さんが無遠慮に言う。

「きっ」希さんがマンガのように言って、マイ・ゴブレットを持ち上げた。

小山さんが大げさに避《よ》ける素振りをする。

「待てよ……」と、高橋。「それなら、さっちゃんと希さんもシンクロしていることになりますよ。だいたい同じ頃にコケたんだから」

「それこそ偶然でしょう」と、慶子さん。

「いや、二人にも共通点があるぞ」と、赤井氏。「〈コースト〉の常連という共通点が」

「すると小山さんが何か盛ったとか言うんですか」と、高橋。

「かもね」

「人聞きの悪い」と、小山さんが顔の前で手をパタパタ振る。「二人とも来店前のことだし、さっちゃんはもう酔っぱらっていたんだから」

「だから、長年の仕込みということなんじゃないの」と、赤井氏。

「うん、確かにアルコールは蓄積されたかもね」と、希さん。「——って、人をアル中呼ばわりすな！」

これが関西名物〝ノリツッコミ〟というものだろうか。

「しかし慶子ちゃん、これはミステリーでいう〝双子入れ替わりトリック〟というやつだね」と、赤井氏。「だって、区役所通りで会ったはずの人が、同じ頃に西口の店にいたわけだ。これでお兄さんが希さんを殺——おっと失礼——会ったことを隠したい場合は、弟さんがこの店にいた事実を使ってアリバイをでっち上げればいいわけだ」

赤井氏は〝殺した〟と言い掛けたが、さすがに初対面の人に対して使う言葉ではないと思って引っ込めたようだ。

「会っているところを見た人、または見てもはっきり覚えている人がいないということが前提でしょうね」と、高橋。

「だったらズルイ」と、慶子さんが言う。「——『ノックスの十戒』の第十戒に〝双子・一人二役は予《あらかじ》め読者に知らされなければならない〟ってありますよ」

最近ミステリーにハマっている慶子さんが仕入れてきた豆知識らしい。〝ノックス〟が何かは、ぼくはざっとしか知らない。どうやらミステリー小説を書く上でのルールらしいのだが。

鵜入弟は苦笑して言った。「予めって、別にミステリーのつもりはなかったんですけどね……」

「そうですよね」と、ぼくは同意した。

とはいえ、敢えて黙っていたところを見ると、多少のいたずら心があったのは確かだろう。

「飲み物は何にしますか」と、小山さんがコースターを置く。

「バーですもんね……では、トム・コリンズで」と、鵜入兄。

「兄ちゃん、トム・ジンが無いから作れないんだってさ」と、鵜入弟が小山さんの先回りをする。

「じゃあ、ジン・フィズで。ジンはお任せします」

先ほどの弟とのやり取りと全く同じだった。

「デジャヴか！」と、赤井氏。

希さんが頷く。「やっぱり双子は好みや行動が似るのね」

再び賑《にぎ》やかなシェイカーの音が店内に響く。

「どうぞ」と、小山さんがジン・フィズを出した。

「ありがとう」

イケメンの双子が仲良くカチンとグラスを重ねた。絵になるな、とぼくは思った。

鵜入兄がジン・フィズを二口ほど飲んだところで、小山さんが先ほどと同じようにシェイカーに残った酒を注ぎ足した。「オマケです」

「あ……どうも」

隅の席の老人の幽霊が、また顔を顰めた。

「兄ちゃん、ジン・フィズのカクテル言葉は『あるがままに』だってさ」と、弟が言った。

「『あるがままに』？」と繰り返し、兄も感慨深げに続けた。「なるほどな……」

「またデジャヴだ」と、赤井氏。

「ところで」と、慶子さんが訊く。「お二人の見極め方って、何ですか？」

「それは簡単」と、弟が答える。「兄は左の口許《くちもと》にホクロがあるんです」

兄が頷いて指で示す。「ここですね」

一同が見る。なるほど、確かにあった。

「まあ、色っぽい」と、希さんが小さく手を叩く。

「お陰で僕の方がモテます」

「ちぇっ」と、弟。

「双子さんって、やっぱりアレやるんですか？」慶子さんはニヤッと笑った。「『幽体離脱～！』とか『ちょっと！ちょっとちょっと！』とか」

ちょっとちょっと、ミーハーだぞ慶子さん。

「〝ザ・たっち〟ですね。高校の時とか、よくやりましたね～」と、鵜入兄。

「テッパンでしたね」と、弟。

あ、やるんだ。

「やっぱりね」

「双子のタレントといえば、わたしの子供の頃はやっぱり、ザ・ピーナッツとかリンリン・ランランとかザ・リリーズとか――」と、希さんが言った。

「リンリン・ランランと言えば――」と、赤井氏。

「ソーセージ！」と、すかさず慶子さん。

「なんだそりゃ。『リンリン・ランラン龍園』だろう」と、赤井氏がツッコむ。

「『ちびまる子ちゃん』の主題歌の歌詞で、食べる方の〝ソーセージ〟と双子の方の〝双生児《さいじようびでき》〟を掛けているんですよ」と、高橋が解説した。

「西城秀樹の歌ね」

「え、その〝双生児〟なんだ。知りませんでした」と、双生児の兄。

「同じく」と、双生児の弟。

ぼくも知らなかった。

すると、店内の音楽がジャズから昭和歌謡に変わった。たぶん、小山さんが会話の内容に合わせてくれたのだ。女声ハーモニーが美しい。

「あ、ザ・ピーナッツの『恋のバカンス』！　さすが小山さん、気が利く」と、赤井氏。「ついでにピーナッツもらえる？」

「はいよ」

「こっちもちょうだい」と、希さん。

「こっちも」と、高橋。

常連たちが刺激されたようである。ぼくは遠慮しておく。

ピーナッツを齧りながら赤井氏が言う。「映画だと――双子を題材にした作品といえば『誰が私を殺したか？』とか『戦慄《せんりつ》の絆《きずな》』とか、サスペンスやスリラーが多い気がするね」

前者は知らないが後者はぼくも観ている。主演は一人二役だが、『ロボコップ3』で博士を演じた女優とその双子の妹が出ていた。

「それなら――デ・パルマの『悪魔のシスター』もいいですね」と、ぼくもこっそり言い添える。

おっといけない。あれは〝結合双生児〟の話だった。鵜入兄弟に聞かれなかったことを祈る。

希さんも反応した。「『戦慄の絆』！　わたしが〈カナダ大使館〉の観光課にいた時、クローネンバーグ作品のロケ地巡礼ツアーという企画書を提出したことがあるわ。トロント・モントリオール・バンクーバー……マニアック過ぎて却下されたけど」

　そういえばデヴィッド・クローネンバーグはカナダを代表する映画監督だった。内容はかなり好き嫌いが分かれるとは思うが。

「うーん、それは残念！」と、赤井氏。

「ぼくも残念です」と、ぼくも言った。

「双子ものはホラーも多い気がしますね。『シャイニング』とか……『シャイニング』とか」と、高橋がやっとひねり出したように言う。

「『シャイニング』？　確かに双子の女の子のインパクトは強いけど、あれ双子映画か？」と、ぼくはツッコんだ。

「クローネンバーグは置いといて、個人的には『ふたりのロッテ』が原作の『罠《わな》にかかったパパとママ』とか、そのリメイクの『ファミリー・ゲーム』なんかが好きだな」と、希さんらしいチョイス。

「そうだ、『ツインズ』も楽しかったですね」と、高橋。

「双子映画ではあるけど、あれはどちらかと言うとデコボコバディものであって、見た目を含めたギャップを楽しむ映画だからなあ」と、再びツッコむぼく。

「他に何があったかな……」と、赤井氏。

「ぼくはグリーナウェイの『ZOO』も好きですね。独特な映像美がいいです」と、ぼくは答えた。

「わたしは『双生児 -GEMINI-』が好きです。乱歩が原作なんですよ」と、慶子さん。

やはり慶子さんはミステリーから離れられないようだ。

「君らはどうですか。やっぱり双子作品は気になったりするの？」と、赤井氏が鵜入兄弟に訊く。

「うーん、むしろ進んでは観ないですね。やっぱり映画は人工的というか……」と、鵜入兄。

「基本一人二役ですもんね。やっぱり芝居だなって。あれ、ギャラは二倍もらっているんですかね」と、弟。

「ケース・バイ・ケースじゃないかな」と赤井氏。

そうとしか答えられないだろうなと思う。

「ですよね……」

赤井氏が続けた。「逆に、特撮として一人のキャラを双子で演じるということもあったみたいだね」

「どういうことですか」と、兄が訊く。

「例えば『ターミネーター2』で、ヒロインとヒロインに化けた敵が同じ画面内で並ぶシーンがあって、役者ではないけど双子の姉が使われたらしい。また、看守が襲われるシーンでも双子の役者を使ったらしいんだ。今ならCGできることだけど、当時は技術がそこまでではなかったんだろうね」

「なるほど。今度気にして観てみます」

「おっ」と、スマホをいじっていた高橋が声を上げた。「ズバリ『双壁のアリバイ』という双子のサスペンス映画がありますよ」

赤井氏が頷いた。「それなあ、知ってる。インド映画でね、邦題で少しネタバレしていると言われているけど、かなり面白いらしい。でも今はソフトも配信も無いんだ。いつか観たいなあ」

「わたしも観たいです、その〝ナントカのアリバイ〟ってやつ」と、ミステリー好きの慶子さんが食い付いた。


「〝アリバイ〟といえば——」と、高橋が話を戻した。「〝現場不在証明〟のことですが、この言葉、最近は偽装工作全般に使われるようになってないですかねえ」

出た。高橋は言葉の定義にうるさいのである。

慶子さんが頷く。「そう、あれはよくないわ。定義を変えられちゃったらミステリーとして困るもの。本来は〝他の場所に〟というラテン語だから、〝事件現場にいないこと〟を表しているわけであって――」

慶子さんもミステリー関連だと熱が入る。同意してもらえたので高橋も嬉しそうだ。

赤井氏が引き取る。「元々ミステリー用語というか犯罪用語のはずが、日常的にも使う人が出てきたね。例えば、〝一応やっておいた〟とか〝一応参加しておいた〟みたいな場合に使ったりする。後でお咎《とが》めがないように形だけやっておくという感じかな。つまり〝いなかったこと〟ではなく、むしろ逆に〝いたこと〟の証明にしている」

「意味が一八〇度変わっていますよね。これも誤用というか拡大解釈が一般化していく悪い例ですよ」と、高橋がいつものように言葉の乱れを嘆き、ハーパーを勢いよく呷った。

「双子で遊んじゃってすみませんが、もう少しこの話題、続けてもいいですか」と、慶子さんは鵜入兄弟に言った。「――双子のトリックといえば、アリバイ工作の他に何がありますかね」

「こら、慶子ちゃん」と、小山さんが窘める。

「いえ、全然大丈夫ですよ」と、鵜入兄弟が同時に答えた。

高橋が挙手した。「憎い相手がいたら、その行く先々に交代で現れては精神的に追い詰めて疲弊させる、という責め方ができますね。名付けて〝ドッペルゲンガー攻撃〟」

「なるほど〜」と、意外にも鵜入弟が感心していた。

〝ドッペルゲンガー〟とは、自分の分身が見えてしまうという幻覚のことだ。生霊《いきりょう》と言われることもある。映画の題材としてもポピュラーだが、それは双子とはまた別の話である。

「双子の片方が死ぬことによって——失礼——もう片方は自分が死んだと世間に思わせて隠れて生き続ける。もちろん、双子だったと知られていない前提だけど」と、赤井氏がとうとう双子を死なせてしまった。「映画によく出てくるシチュエーションです」

「死ぬ方はどうやって決めるんですか」と、鵜入弟。

「そりゃあ、ジャンケンしかないだろ」と、兄。

「またジャンケンかよ〜」

どうやら弟氏はジャンケンに積年の恨みがあるようだ。

「それで、生き残った方が幽霊のフリをして敵を精神的に追い詰めて疲弊させる」と、高橋が同じパターンを繰り返す。

〝幽霊〟と聞いて、他の常連が一瞬口をつぐんでしまった。老人の幽霊を思い出したのだろう。

もちろん、そこにしっかり老人が来ているのをぼくは知っている。

「幽霊はやめてよ～」と、小山さん。

「フリですってば」

「言葉自体が怖いのよね」と、希さん。

「じゃあ、これはどうですかね」と、慶子さんが慌てて言う。「片方が囮《おとり》になって相手を誘導し、片方が後ろから襲う」

「襲うって……」と、希さん。

「それ、双子じゃなくてもいいのでは」と、高橋。

「ああそうか」

「でも、うまくやれば敵を混乱させることができる」と、赤井氏が救いの手を差し伸べる。「前にいたと思ったら、いつの間にか後ろにいたとか。双子のどちらからでも臨機応変に襲えるようにしておく」

「そう、それです」と、慶子さんが汗を拭くジェスチャーをした。

「なるほど～」と双子がまた感心した。

「それ、私の〝ドッペルゲンガー攻撃〟のパクリでは……」と、高橋がツッコむ。

「本当にトリックには使わないでくださいよ、ご両人」と、希さんが兄弟にクギを刺した。

「――でも、双子さんがなぜ新宿で待ち合わせたのか。これもミステリーじゃないですか？」と、慶子さんが言った。

「どうしてもミステリーにしたいのね」と、希さん。

「……ああ、特に変わった理由はありませんよ」と、鵜入弟がさらりと言う。「実は兄が結婚を前提に付き合い始めた女性と、これから兄弟二人揃って会うことになっているんです。そこの〈ワシントンホテル〉のレストランです。兄弟別々に住んでいるので、この近くで一旦合流してから一緒に会いに行くという段取りだったんです」

「それで、時間大丈夫なの？」と、小山さん。

「はい。レストランが混んでいて、八時じゃないと予約が取れなかったもので」と、兄。

「あと四十分ほど余裕があります」と、弟。

「何か事前の打合わせとかする予定だったんじゃない？」と、希さん。

「いえ、たいした打合わせはありませんので」

「ああ、以心伝心だものね」

双子が同時に頷いた。

「問題は、なぜ三人一緒かということですね」と、慶子さん。

「え、それって問題にするようなこと？」と、希さん。

「簡単です。それは——」と、兄が言い掛けた。

「おっと」と、赤井氏が遮る。「それを皆で当てましょう」

慶子さんが嬉しそうに頷く。「ではヒントください。素朴な質問なんですが——双子って好みのタイプも似たりするんですか」

「まあ、そうですね」と、兄。

「それだと、女性の取り合いになったりしないんですか」

「それか!」と、高橋。

慶子さんが続ける。「実は今日の会合は『どっちにするんだ?』って女性に決めてもらうためだったりして」

「失礼だよ、慶子ちゃん」と、小山さん。

「確かにそれは問題だ」と、赤井氏。

弟が笑った。「さすがにそういうマンガみたいな展開は無いですね。少なくとも僕らの間では」

兄が引き継ぐ。「タレントや俳優で推しがカブることはよくあるんですが、リアルの女性ではないです」

「兄弟はやはりお互いを尊重していますからね。横取りなんかして禍根を残したくはないんです」

「なにしろこちらの方が付き合いが長いですから」

「でしょうねえ」と、慶子さんが頷く。

「答えはシンプルに行きましょう」と、高橋。「いきなり二人で登場して驚かす。もちろん、先方には双子の兄弟がいるということは伏せておいて」

先ほどがまさにそうだった。しかし、この場合はどうなのか。

「いえ、双子であることは既に伝えてあります。それこそ付き合い始めの時点で。向こうにも心構えをしてもらわなくちゃなりませんから」と、兄。

ちゃんとしていると思った。そんな心遣いが必要だとは、ぼくには想像すらできなかった。

「だよねえ。でないと、騙し討ちみたいになるもんなあ」と、赤井氏。

「騙し討ちて」と、希さん。

「好きになった人と同じ顔がもう一つあるわけですからねえ、心の準備が必要よね」と、慶子さんが理解を示す。

ぼくも、慶子さんが双子だった場合を想像して複雑な気分になった。

「――とは言いつつ、直接の顔合わせは今日まで引っ張ってしまったわけなんですが」

「……」と、弟。

「まあ、お前の様子は彼女にいつも詳しく話しているし、色んな癖も伝えてあるよ」

と、兄。

「それはこそばゆいね」

「では、ちょっとしたゲームを仕掛けるとか。——よくあるところでは、シャッフルして『さて、どっちでしょう』と当てさせる」と、赤井氏。

「シャッフルって」

「趣味が悪い」と、希さん。

鵜入兄が微笑した。「当たらずといえども遠からず、です」

「おお」赤井氏は嬉しそうだ。「本当ですか」

「そうなんだ」と、高橋。

兄が時計を見てから言った。「もういいですか。答えは出ているようなもんだから言っちゃいますけど、彼女も実はミステリーが結構好きでして、トリックとかそういうことにはちょっとうるさいんです」

弟が続ける。「それでまあ、半ば冗談だとは思うんですけど、トリックに引っ掛からないように予めよく見定めておきたいと、こう言ってるらしいんですね」

「まあ、そうだろうねえ」赤井氏が頷く。

「計画殺人の予防線ですね」と、慶子さん。

「こら」と、小山さん。

弟が答える。「もちろんそんな犯罪的なことは思っていないけれど、例えば兄貴が知らない女――会社の人とか――と歩いていたのを見られた場合、あれは弟だったと言って済ませてしまえる。そういうのの予防線でしょうね」

「俺はそんなことしないぞ。要らん不信感を抱かせないよう、ちゃんと説明はする」

と、兄が腕を組む。

「ふーん、そうかい」

兄は続けた。「ふざけてドッキリを仕掛けられるのも嫌いな人なんですよね。だからさっきのサプライズ案も最初からＮＧ」

「面倒臭い人なんです」と、弟。

「そんなことはないぞ。その他については基本的に大らかだ」

「とか言うてますけど」

「会えばわかるって」

「そうかい」

二人はジン・フィズを同時に啜った。

推理クイズは終わったようだ。常連たちは黙り、それぞれの飲み物を口にした。ぼくは目の前の空のグラスを見つめた。

「で、アレは無事にゲットしてきただろうね」と、鵜入弟。

「もちろん。ソノための会合でもある」と、兄。

早速、指示代名詞での会話である。

「訊いていい？」と、希さん。「アレって何」

「ああ、たいしたものじゃないです。実は――」

「ストップ！」赤井氏が再び遮る。「いや失礼――今度こそ、それを当てさせてください」

ぼくの師匠はあくまでミステリーにしたいらしい。慶子さんに影響を受けたか。

「お二人さん、時間は大丈夫？」と、また小山さんのリマインド。

「いいですけど……」

「七時半にここを出られれば」と、鵜入兄。

赤井氏が時計を見た。「あと十五分か……」

「ヒントください。そのアレとは、彼女さんに渡すものですか」と、高橋。

「渡すというか、見せるというか」

「それじゃあ、ヒントもらい過ぎよ」と、慶子さん。

首を引っ込める高橋。

「見せるものねえ……」

「大学の卒業証明書！」と、高橋が得意げに言った。

「進学塾の先生らしいアンサーだな」と、赤井氏が茶化す。

「そこまで学歴に拘る人じゃあないですね」と、兄。「それに証書なら自宅にあるからすぐ見せられるので、学生課で証明書をもらってくる必要は無いです」

「そうよ、就活じゃないんだから」と、慶子さん。

また首を引っ込める高橋。

「ズバリ、アルバムとかでしょう」と、希さんも結局参加する。

平凡な回答だが、希さんらしい。

「アルバムなら〝ゲットした〟とは言わないんじゃないですか。元々持っているわけだから」と、高橋がツッコむ。

「いい指摘だけど、手元に無くてどこかに保管してあったのを取ってきたとも考えられるよ」と、赤井氏。

「ええと……ファイナルアンサー？」と、鵜入兄が口を開く。

「あ、待って。もう少し検討させてください」と、赤井氏。

兄弟が黙って頷く。

「やはりそれかなあ」と、ぼく。

高橋が鵜入兄の薄いショルダーバッグを眺めて言った。「荷物は大きくなさそうだから、違うんじゃないかな」

「アルバムと言っても、卒アルとかじゃなければ小さいのもあるし」と、慶子さん。

「ああそうか」

「そろそろ時間が……」と、鵜入兄。

「じゃあ、ファイナルアンサーはアルバムでいいかな」と赤井氏。

　皆が頷いた。

「ブブー！　ハズレです」と、鵜入弟。

「違ったかあ」「残念」と、一斉に言う。

　その時ぼくは見た。

　隅の席の老人の幽霊が霞に変わり、テーブル席までフワフワと漂って行き、寝ていたさっちゃんに憑依するのを。

　兄が口を開いた。「アレというのは実は――」

『……ぐう……もし……』と、さっちゃんが突っ伏したまま老人の声色で言った。

『……もし……』

「えっ」

　皆が一斉にさっちゃんの方を見た。

「ということは」と、慶子さん。

「キター！」と、高橋。

手で口を押さえる希さん。

常連一同は、さっちゃんがいたことを忘れており、一瞬驚いたものの、幽霊が憑依して語っていることはすぐに察しがついたようだ。

赤井氏が鵜入兄弟に言う。「ちょっと、彼——いや、彼女の話を聞いてあげてください」

兄弟は黙って頷いた。

『……お二人の……出身地は……新宿区かね……』

「ええ、そうです」と、鵜入弟がさっちゃんに言った。

兄が続けた。「実家は百人町《ひゃくにんちょう》なんですが、手狭なので二人とも家を出ました。僕が西新宿三丁目で、弟が代々木二丁目に住んでます」

『……それで……わかった……』

「何がわかったんです？」と、赤井氏がさっちゃん＝老人霊に訊いた。

『……区役所通りで……ご婦人と……別れた……お兄さんは……ご婦人とは……反対の……方向へ……去ったと……言った……』

「そ、そうよ……」と、希さんが震える声で答える。

『……反対とは……北だ……。そこには……新宿区役所が……ある……。新宿区に

『……本籍のある……お兄さんは……区役所に……用事が……あったのだ……』

「その通りです！」と、鵜入兄弟は同時に答えた。

二人、見事なシンクロだった。

「さっちゃんさん、凄い！」と、弟が言った。

当然、彼はさっちゃん本人が話していると思っているのである。しかし今度はさっちゃんから『さんは要らない』という返事は無かった。

なぜなら老人霊が憑依しているからだ。

赤井氏が膝を打つ。「ああ、そうか！　盲点だった」

ぼくも彼と同じだ。〈区役所通り〉は新宿随一の大人向け界隈としてあまりに有名なため、区民や事業者以外はそこに文字通り区役所があること——建物としての認識はあるが——に無頓着なのだ。

希さんが記憶を辿るような表情をして言った。「確かにそうよねえ……」

「区役所の用事って何だったんですか」と、慶子さんが鵜入兄に訊く。

「用事は——」

『……用事とは……』と、さっちゃん＝老人霊が被せてきた。『……戸籍謄本を……取りに……行ったのだ……』

「当りです！」再び兄弟が同時に答えた。

赤井氏が兄弟に訊く。「なぜ、戸籍謄本が必要だったんです？」

「結婚前提なら当然、戸籍謄本は必要でしょうねえ」と、高橋が割り込む。

独身なのに知った風なことをと思ったが、ぼくも人に言えた義理ではない。

「でも、それなら今日彼女さんに見せる必要は無いんじゃないかしら」と、希さん。

「そうなんですよね……」と、弟。

「理由は何なんでしょうか」と慶子さん。

「それが……分からないんです」

「え……？」

場に、にわかに不穏な空気が漂う。

兄が引き取る。「会った時に彼女が教えてくれることになっているんですよ」

「何かよからぬことに利用したりなんか……」と、高橋が言う。

いつぞやのさっちゃんのカレシの件もあり、危惧する気持ちも無理はない。他の人々の表情にもそんな色が現れていた。

「謄本を渡すんですか」と、赤井氏が心配そうに言う。

「いえ、ちらと見せるだけです。皆さんが心配しているようなことはありません」と、兄。

「実は彼女に『理由を当ててごらんなさい』と言われているんですよ」と、弟。

「こら、余計なことを。——まあ言ってみればテストみたいなもんですけどね。ちょっとした余興です。まるでわからないから、もう降参して教えてもらいますけどね」と兄。

それを聞いて、場の空気が和らいだように見えた。

「なんだ、それを早く言ってくだされば」と、慶子さん。

「それを皆で考えましょう！」と、高橋。

兄が時計を見た。「お気持ちはありがたいんですが、とうとう出ないといけない時間になりました」

「それは残念」と、赤井氏も言う。

弟が言う。「では、お会計をお願いします」

「はい……」慶子さんが名残惜しそうに対応する。

兄がレジ前に置かれたショップカードを取って言った。「また寄らせて頂きますよ」

「よろしく」と、小山さん。

とその時、さっちゃん＝老人霊が再び声を発した。『……女性は……双子に……対する……不安が……あった……。そこで……兄弟に……会うことに……なった……』

「あ、まだいたんだ」と、慶子さん。

「しっ」と、赤井氏。

「そうですが……」と、鵜入兄が振り向く。

『しかし……会うだけでは……不安は……解消……されない』

「え、そうなんでしょうか」と、今度は弟。

「どういうこと？」と、希さん。

『……もし……三つ子や……四つ子……だったら？……』

一同がその言葉の意味を考えた。

「ああ、そうか！」と、鵜入兄弟は同時に言った。

「確かに！」と、続けて慶子さん。

「ナルヘソイエペス！」と、赤井氏が膝を叩く。「――二人が確かに双子であって、それ以外一卵性の兄弟がいないことを証明する必要があったのか！」

ぼくもやっとわかった。双子が心配なら、当然三つ子以上の心配もあるというわけだ。

「そのための戸籍謄本だったんですね」と、高橋。「結婚を前提にするということは、それだけ真剣になるということなんだなあ」

また知った風なことを。

「――ということですよね」と、慶子さんが宙空に向かって確認した。

『……』

老人霊は再び黙り込んだ。

次の瞬間、さっちゃんの背から蒸気のようなものが抜け出て、フワフワと宙を漂い、いつもの隅の席に収まった。やがて老人の姿が形作られ、その顔にニヤニヤ笑いが戻る。

と、さっちゃんが目を覚ました。「くぁ〜っ」

トレンチコートの袖で両目を擦っている。

「おはよう」と、赤井氏が言った。

「よ、酔いは醒《さ》めたの？」と、希さんが恐る恐る尋ねる。

一同がさっちゃんを注視している。

帰り掛けた鵜入兄弟も不思議そうにさっちゃんを眺めた。先ほどの会話は何だったのかと思っているに違いない。

「お陰さまで、すっかりアルコールが抜けたわ」と、さっちゃん。

「それはよかったです」と、慶子さん。

「第二ラウンド突入ですね」と、高橋が無責任に言う。

「あっ」と、さっちゃんは鵜入弟を指差して言った。「さっきはすみませんでした。〈コースト〉に連れてきてくれてありがとう！」

「いえいえ……どういたしまして」と、怪訝そうな表情の弟。

その陰から兄が晴れ晴れとした顔を出す。「こちらこそ、色々ありがとうございました！」

「あ～やっぱりアルコールが全然抜けてないわ」と言って、さっちゃんは溜息をついた。「――人が二重に見える……」

一時間後、鵜入兄から店に電話が掛かってきた。

答えは『ズバリ正解』だったという。お陰でカップルの絆が強まり、三人の信頼関係も構築できたと礼を言っていたらしい。

隅の席の老人が、またニヤリと笑った。

幽霊と店の常連たちも絶妙なコンビネーションが構築されていると言える。本当に店名を〈ＢＡＲゴースト〉に変えた方がいいくらいだ。実に楽しい空間である。

だがふと、ぼくはいつまでこの店に通うことができるのだろうかと、漠然とした不安に駆られることもある。楽しい時ほどそんな心持ちになるのは、まあ人の常なのだろう。

BOOZE
06

ダイイングメッセージ

「あれからちょうど一年になるのかあ」

ＳＦイラストレーター兼ライターの赤井氏が、コースターの裏にラクガキをしながらふと言い出した。「山ちゃんがあんなことになってから……」

二月、バレンタインデーの水曜日。底冷えのする一日だったが、今日も新宿駅西口のジャズが流れる〈ＢＡＲコースト〉には常連たちが集まっていた。ただし、さっちゃんは大手菓子メーカー協賛の婚活イベントに参加していて不在だった。

カウンターの隅の席には、いつものようにあの老人の幽霊が座り、前方の薄闇を見つめていた。

「バレンタインデーの前日だったですものね……」バーテンダー見習いの慶子さんが、男性陣に小さなチョコレートの箱を手渡しながら言った。「結局、去年も今年も渡せなかったな……」

「ああ、もうそんなに経つのね……」と、元大使館員の希さん。

彼女はラッピングした自家製のビスコッティを皆に配っている。オーブンで二度焼きしたクッキーだ。

「相変わらず犯人が捕まったという話は聞かないな……」と、早速チョコレートを齧りながら赤井氏が言った。

小説家の川田氏が、読んでいた本から目を離して頷く。「いいヤツだったよ」

「そんな……死んじゃったみたいに言わないでよ」と、希さん。

「どうしてるかな、山崎さん……」と、慶子さん。

ぼくはその話題が呑み込めずにいた。『死んじゃったみたいに』とか『どうしてるかな』とか――どういうことだ？

「いつ意識が戻るんだろうね……」と、バーテンダーの小山さん。

意識って――？

「慶子ちゃん、山ちゃんに遠くから『頑張れよ』とエールを送りたいんだけど、何かいいカクテルはあるかな」と、赤井氏。

「ちょっとお待ちを」と、慶子さんがいつものアンチョコを参照した。「――『あなたを救う』というカクテルでどうでしょう」

「カミカゼか……。この場合はいい意味でのカミカゼなんてどうなんだろうな。山ちゃんには生還してもらわなければ。――小山さんよろしく」

生還――？　おかしい。〝山崎〟は死んだはずだが……。

「はいよ」

「俺も同じものをもらおう」と、川田氏。

「川田さん、今日はギムレットじゃないんですね」と、慶子さんが棚からカクテルグラスを二つ取った。

「そういう日もある」

小山さんはシェイカーにスミノフブラックをなみなみと注いで、コアントローで甘みを加えた。慶子さんから渡された大きめのライムを二つに切ると、ガラスのスクイーザーで搾った。搾り汁をシェイカーにぶち込み、氷を入れてシェイクする。カクテルグラスを二つ並べ、表面張力ギリギリまで交互に注ぐと、ライムの欠片《かけら》をそれぞれに添えた。

「どうぞ」

赤井氏と川田氏が同時に口から行く。その後、例によって小山さんが残りの酒をそれぞれのグラスに注ぎ足した。〝もっきり〟だ。

赤井氏がグラスを掲げた。「頑張れ、山ちゃん！」

川田氏も黙ってグラスを持ち上げる。

ぼくは目の前の空のグラスを見つめた。

隅の席の老人の幽霊が、いつものように『カクテルってぇのはな、ハレの日に飲むもんなんだよ』と言いたげに、半分ゾンビのような顔を顰めた。

「ところで――」高橋がビスコッティをパキッと二つに割りながら尋ねた。「山ちゃんて、誰ですか」

「え、知りませんでしたっけ?」と、慶子さんが意外そうに言う。

「そうだ、知らないかもな」と、赤井氏。

「はい」

そうか。高橋がこの店に来る前の話だった。

「ここの常連でね――」と、赤井氏が説明する。「高ちゃんと同じか少し上くらいの歳の青年なんだけど、高ちゃんみたいによくパシリをやってたっけ」

「うん。ヨドバシとか新宿郵便局のお遣いも、いつも山崎さんに頼んでいたわよね」と、慶子さん。

川田氏が頷く。「俺の新刊が出た時など、皆から注文を取って〈ブックファースト〉や〈紀伊國屋書店〉まで買いに走ってくれた。あの晩は一〇冊ほどサインを入れたな」

「買わされたね」と、小山さん。「まだ読んでないけど」

「なんだ」

赤井氏が続けた。「それが一年前のちょうど今頃、彼の地元の〈玉川《たまがわ》霊園〉の中で倒れているところを発見されたんだよ。頭に大怪我をしていてね。近所のお婆さんが――ちょっと認知症だったけど――たまたま通りかかって通報してくれて、救急搬送されたんだ」

「そんなことが……」

あの老婆が……？

赤井氏がコースターの描きかけのラクガキを高橋に見せた。そこには、ラフながらぼくも知っている顔が描かれていた。「これが山ちゃんだよ」

「この人が……」

「頭蓋骨が折れていたけど、脳幹とか大事なところは無傷だったから、自発呼吸はできるし、心臓も動いている。しかし、なかなか意識が戻らないんだ」

それを聞いてぼくは驚いた。

記憶の封印が徐々に解かれていく。

生きているのか。

「いわゆる植物状態ですね」と、高橋。

「うん……」

「栄養って、どうしてるんですか」

「鼻から胃に直接、管を入れて栄養のある液体とか白湯《さゆ》とかを摂取させているんだって」

「〝経鼻経管栄養〟だ」川田氏が鼻から煙を吐き出した。「――小山さん、コルトレーンの『バラード』よろしく」

「はいよ」

やがてスピーカーから、テナーサックスの優しげな音色が流れ出した。

慶子さんがカウンターの奥の棚から一冊のムック本を取って来た。

ページを開くと、中ほどに挟んであった茶封筒を抜き、次いで見慣れない白い洋封筒も抜き出すと、ジーンズの尻ポケットに突っ込んだ。

本をカウンターに置く。

「それは？」と、高橋。

「山崎さんにもらったの。初めて表紙に名前が載ったものだから記念にって」慶子さんがそう言って、高橋に手渡した。

「それ、ボクも執筆参加したムックだね」と、赤井氏。

「ええ、赤井さんの名前も表紙に出てます」と、慶子さん。

「あ、ほんとだ」と、高橋。

それはＡ４判のムック本で、表紙には様々な映画のスチル写真がモノクロでコラージュされていた。


『このシネマがすごい！　３月号増刊／このミステリー映画を見ろ‼』

月刊の映画雑誌の増刊号という形で〝ミステリー〟を題材にした映画作品を集めた

ムックだ。十五人の有名無名の映画評論家やライターが、自分の推薦作品を何点かずつピックアップして解説している。執筆陣の名前が表紙の下端に列挙されており、ぼくの名前も最後の方に並んでいた。

高橋がパラパラとめくって言った。「へえー、私の知らない映画が色々載ってますね」

「しかし……その本を見ると、当時のことを思い出すんだよなあ」赤井氏が遠い目をする。

「どうしてですか」

「事件現場の近くに同じ本が残されていたからさ」

「なぜ赤井さんはそんなことを知っているの？」と、希さん。

「うん？——希さんには話していなかったか。いえね、警察に参考人として呼ばれたのさ」

一年前、希さんは大使館を定年退職する際、有給休暇消化を兼ねてフランスに二週間ほど滞在していたのだ。それで彼女も知らない部分があるようだ。

「重要参考人というやつなの？」

「いやいや、容疑者じゃあるまいし。普通の参考人だよ。山ちゃんのサイフの中に担当編集者とボクの名刺があったことから、出版社とボクに連絡が来たってわけ」

「なるほど、そうなんですね」と、高橋。

　赤井氏が続ける。「これくらいはもう言ってもいいと思うけど──その他の山ちゃんの持ち物は、事故の際に壊れたスマホと書店の紙袋だった。当該のムック本は山崎家のお墓に供えてあった」

「書店の袋ということは、ムック本を自分で買ったということですか」

　赤井氏が頷き、カミカゼを啜った。

「きっと見本誌をわたしにくれたからだわ……」と、慶子さん。

「そう。見本誌は執筆陣各自に一冊ずつだから、人にあげる時は自腹で買ってこなければならないんだ」と、ぼくは答えた。

「うん。はっきり取材先や協力先だとわかっている時は編集部から献本してもらうことはあるんだけど、プライベートで人に進呈する場合は、やっぱり自分で買うしかないんだよ」と、赤井氏。

「ふーん、世知辛いですね」と、高橋。

「そりゃそうさ。無制限に刷っているわけじゃない」と、川田氏の鋭いツッコみ。

「ところで、その人はなぜそんな所に……？」

　赤井氏が答える。「その霊園には山ちゃんの先祖代々のお墓があった。そこに、少し前に亡くなった山ちゃんの親父さんも眠っているんだ──ずっと父子家庭でね──

たぶん最愛の親父さんに、表紙に名前が載ったという初めての快挙を報告しに行ったんじゃないかな」

「ふふ、可愛い」と、希さん。

「そうだな――」そうつぶやいてから赤井氏は少し考え、やがて口を開いた。「警察がだらしないから、思い切ってみんなに話そうと思う。――山ちゃんの頭の傷には、古い御影石の破片が付いていたんだよ」

「御影石《みかげいし》？」と、慶子さん。

「あら。ということは……」と、希さん。

「うん。御影石は墓石の主な材料だ。しかし転んで墓石に頭をぶつけたとしたら、どこかの墓に痕跡が残っているはずなんだけど、警察は何も見つけられなかった。たぶん単独の事故ではなく、何者かに墓石の破片で殴られたんだと思う。サイフは残っていたので物盗《ものと》りではなさそうだ。通り魔の犯行か。はたまた怨恨《えんこん》か――」

話を聞いているうちに、ぼくは気分が悪くなってきた。

光景がまぶたに浮かんでくるのだ。

血で真っ赤に濡れた自分の手……。

今も思い出すだけで冷や汗が出そうになる。

「墓石……」高橋が、つまんだビスコッティの硬そうな表面を眺めた。

「怨恨て。山ちゃんは人に恨まれるような人じゃないでしょうに」と、希さん。

「そうよ、あんなおとなしい人」と、慶子さん。

「いや、そうとは限らないけど……」と、思わずぼくは言った。

「警察にはその線をしつこく訊かれた。しかしボクにも担当編集者にも思い当たるフシは無かったね」

「我々と揉めるようなこともなかったな」と、川田氏。

「――現場には防犯カメラは無かったんですか」と、高橋。

「すぐ近くには無かったみたいだね。市営の古い霊園だし」

「そうなんですね……」


　赤井氏は似顔絵コースターに加筆しながらまた考え込んでいたが、再び語り始めた。

「例の爺さんの幽霊がどこかで聞いているかも知れないから、これも思い切って話そうと思う。――現場に落ちていた書店の紙袋には、山ちゃん自らの血でメッセージが書かれていたんだよ」

　赤井氏の言葉に、隅の席の老人の幽霊がピクリと反応したように見えた。

　一同もざわめく。

「本当ですか」と、高橋。

「怖い」と、慶子さん。

「死んでいたなら、さしずめ〝ダイイングメッセージ〟だな」と、川田氏。

「縁起の悪いこと言わないでよ」と、希さん。「——で、何て書いてあったの?」

「慶子ちゃん、メモを貸してもらえる?」と、赤井氏は言った。

「はい」と、慶子さんが素早く差し出す。

「たぶん横書きで、やや斜めの棒が三本と〝L〟だった」

赤井氏は書いたものをいったん宙空にかざし、老人の霊に見せるそぶりをしてから、皆に回覧した。

赤井氏の意図どおり、老人は紙片にしっかりと視線を合わせていた。が、すぐに顔を前に戻し、カウンターの奥の薄闇を見つめた。

///L

見覚えがあった。ぼんやりした記憶だ。

「へえ……」と、高橋が言った。

「ふうん」と、希さん。

紙片が手から手へと渡されていく。

赤井氏が言った。「警察も当然、解読しようとしただろうし、ボクも編集者もさんざん考えたんだけど、一向に正解に辿り着けないんだ。もし解読できれば、犯人の手掛かりになるんじゃないかと思うんだけどねえ……」

「小文字のエルが三つと大文字のエルかな……」慶子さんが別の紙に書いて回覧した。

lllL

「そんな英単語は無いもんなあ……」と、赤井氏。

「こういうのはシンプルなほど意外と難しいですからね」と、高橋。「――小文字のエルじゃなくて大文字のアイとか？」

慶子さんが少し手直しする。

IIIL

「ILLなら『病気』だけど、スペルが違う」と、赤井氏。

「lLならフランス語で〝彼〟なんだけど……」と、希さんが本場の発音で言った。

「だとしても、前のI二つはどう解釈します？」と、高橋。

「そうよね……」

「アルファベットではない気がする……」と、ぼくは言った。

「もしくはローマ数字の三とL？」

慶子さんが書き直した。

ⅢL

赤井氏が書いたものと慶子さんが書いたものが並べられた。これだと両者がかなり乖離《かいり》している。

「3Lか……ビッグサイズね」と、希さん。

「しかし、服のサイズをそんな風に書きますか」と、高橋。

「あるいは数字の1が三つとL？」と、希さん。

慶子さんが別の紙に改めて書いた。

1 1 1 L

「やっぱり小文字のエルにしか見えないです。最初に戻ったわ」と、慶子さん。

いや数字だ、と心の中でぼくは思った。

「わかった」と、川田氏。

「何？」

「そもそも文字ではなく、直進・直進・直進・右折もしくは左折を表していて、区画化された墓地の道順を示しているのじゃないか？」

← ← ← ←↓

「さすがセンセ、よく気付きましたね。いい着眼点だ」と、赤井氏が褒める。

川田氏が満更でもないという顔をしてキャメルに火を点け、吸い込んだ。

赤井氏が続けた。「が、それも考慮されましたよ。実際に辿ってみたけど、いずれも墓石はピカピカで、何の痕跡も見当たらなかった」

川田氏が忌々しそうにタバコを揉み消した。

「いや、ピカピカというのが却《かえ》って怪しいのでは？　証拠隠滅で墓石を新調したとか」と、希さんが言う。

「鋭いです！」と、慶子さんが希さんを指差す。

新調された墓石——確かにぼくもそこにカギが隠されていると思う。

赤井氏が人差し指を立てる。「さすが年の功、いい視点です。――が、やはりそれも警察が検証済みです。該当位置の墓石が交換されたのはいずれも二ヶ月以上前だったから、山ちゃんの件とは何の関係もなかった」

「年の功は余計よ」希さんが言い返す。

「――他に何か考えは？」

「ううむ」

「……」

皆は黙り込んだ。

「出切ったようだね……」

「きっと単純なことだと思うんだがね」と、川田氏。

ぼくも答えが喉元まで出掛かっているのだが、あと一歩のところで出てこない。もどかしい……。

「お爺さん、そろそろ出てきてくれませんか」と、慶子さんが宙空に言った。

「そうか、忘れてた……」と、希さん。

この頃になると、皆はもう老人の幽霊の存在を認めており、あからさまに頼るようになっていた。

実を言うと、ぼくも期待していたのだ。

しかし老人の幽霊は、いつものカウンターの隅の席でどこ吹く風だ。理由はわかっている。

「とはいえ、今日は憑依できそうな相手がいないんだよな……」と、赤井氏が言う。

各人が店内を眺め回した。居眠りをしている者も、泥酔者もいない。

そうなのである。正体を失った人間がいないと、老人の幽霊は憑依することができないのだ。

腕時計型麻酔銃などという物も、もちろんここには無い……。

「うーん……」と、慶子さんが残念そうに言う。「また今度ですかね。来週、どなたか完徹してからいらしてもらえれば……」

そういえば彼女は、徹夜明けで居眠り中に憑依された当の本人だった。

「さっちゃんを連れてくれれば一発だったのに……」と、小山さん。

彼ですら、もうそれほど幽霊を怖がったりしていない。

「さっちゃんに失礼よ」と、慶子さんが窘める。

「うーん……」と、ぼくも唸った。

川田氏が新しいタバコに火を点けた。

赤井氏は一心にコースターにペンを走らせている。そうすることで老人を呼び出せられると言わんばかりに。

「よし！」と、高橋が言った。「私がひと肌脱ぎましょう！」

「え、どうするの？」と、慶子さん。

「小山さん、XYZてんこ盛り二つ！」と、高橋が指を二本立てた。

「本当に作るの？　二つも？」と、小山さん。

「はい、よろしくお願いします！」

XYZは、いつぞやのデカい外国人客もダウンさせてしまった強力なカクテルだ。アルコール度数が75・5度というラムをベースにしている。彼はそれを二杯立て続けに飲むというのである。

「カクテル言葉は確か『永遠にあなたのもの』だったわね。それを二杯なんて、幽霊に憑り付かれたままになったらどうするの？」と、希さん。

「また怖いことを」と、小山さん。

確かにシャレでは済まない。急性アルコール中毒で命を落としてしまったら、高橋本人が幽霊になってしまう。

「無理しなさんなよ」と、赤井氏。

「やめておいた方が……」と、ぼく。

「いえ、常連仲間の山崎さんのためなら……」

涙ぐましいことを言う。高橋は基本的にいいヤツなんだ。

「では、代金は俺が出そう」と、川田氏。

「センセ、それならボクも半分出しますよ」と、赤井氏。

「助かります」と、高橋。

「じゃあ、念のためテーブル席に座ったら？」と慶子さん。

高橋が頷いて素直に従い、壁際のテーブル席に移動した。背凭れのある椅子に座る。

やがて小山さんの景気のよいシェイカーの音がして、二つのグラスにＸＹＺがなみなみと注がれた。

慶子さんがカウンターから出てきて、液面を波立たせながらグラスを高橋の前に置く。チェイサーの水も用意された。

「太田胃散も出しとこうか」と、小山さん。

「いえ、そこまでは……」

「慶子ちゃん、彼に何かあったら救急車をよろしく」と、赤井氏。

「了解です。もう慣れてますから」

「本当に大丈夫なの？」と、希さん。

「大丈夫じゃないかもですが、高橋、行きまーす！」

皆が見守る中、目を白黒させながら一杯目を飲み干す高橋。

「ゲフッ……小山さん、とっても美味しいです」と、強がりを言う。

「ありがとう」

間髪《かんはつ》を容《い》れずに二杯目に口を付ける。激しく咽《む》せながら、それも一気に飲み干す。

「水を飲みなさい」と、小山さん。

とろんとした目でグラスを摑《つか》み、水を一口二口。

たちまち泥酔状態になり、頭がグラグラ揺れていたかと思うと、ついに落ちてしまった。バタンとテーブルに突っ伏す。

高橋よ、すまない。

隅の席にいた老人の幽霊は顔を顰めていたが、しぶしぶという格好で霞のようになると、フワフワと宙を漂い、皆の期待通り高橋の身体に憑依した。

高橋の背がピクリとした。

「ん?」と、希さんが反応する。

「来たか」と、赤井氏。

『……ぐう……』やがて高橋＝老人霊は言った。『……その人は……墓石で……殴られたと……言ったな……』

「来ましたね」と、慶子さんが小声で言う。「でも、話はそこからなの?」

慶子さんが言いたいことはわかる。早くメッセージの意味が知りたいのだ。

「はい、そう言いました」赤井氏が落ち着いて訊く。「墓石の欠片はいったいどこへ行ったんでしょう」

『……欠片……ではない……墓石……そのもの……だ……』

ええっ！と、どよめく一同。

「そんなことができるの？」と、希さん。

『……』

「ええと――ゾンビが墓石を持ち上げて攻撃してくるホラー映画があったっけなあ」と、赤井氏。

ぼくはすかさずツッコんだ。「それは『悪魔の墓場』ですよ」

同作で、ゾンビたちが協力して墓石を持ち上げ、主人公たちが籠城している小屋の扉を破ろうとする。ゾンビものとしては珍しいパターンだ。

「しかし人間には無理でしょう」と、赤井氏。

すると高橋＝老人霊は続けた。『……もちろん……人間では……ない……』

また一同どよめく。

「人間ではない？」

「まさか本当にゾンビが？」

ぼくは久々に、あのとき後頭部に受けた恐ろしい衝撃を思い起こした。文字通り生々しく思い起こしていた。あれは――人間の仕業ではなかったって?

『……人間ではない……ものが……重い物を……動かすには?……』

「それは――機械に頼るしか」と、赤井氏が答える。

『……さよう……』

「機械――そうか、車か!」

『……いかにも……車両に載せた……墓石を……ぶつけたのだ……』

車か。そういうことだったのか。

『……霊園の……奥まで……出入り……している……車といえば?……』

「霊園の奥まで? お墓の清掃とか、メンテナンスとか」

「――石屋か?」と、川田氏が答えた。

「石屋……それだ!」

『……いかにも……石材店の……車……だろう……』

川田氏が頷いた。「石屋は恐らく古い墓石を回収していたのだ。〝墓じまい〟や無縁仏の〝廃墓〟などで、撤去した墓石を一時的に溜めて置く場所がどこの霊園にもある。粉砕処理や再利用などの行先が決まったので、まとめて運び出すことになったのだろう」

「そうか――」赤井氏が川田氏のキャメルの包みを摑むと、似顔絵の描かれたコースターの横で動かした。「車はたぶんバックしていたんだ。何らかの理由で墓石が荷台からはみ出ていて、中腰の山ちゃんに気付かず、その頭にぶつけた。それを知ってか知らずか、その場を去った……」

キャメルの包みからタバコが一本飛び出し、コースターに触れていた。

ぼくは、自分の顔が描かれたコースターを見つめた……。

ぼくこと山崎も、あの日の思い出したくない光景を、瞼に浮かべていた。

あの日の夕方。

親父の墓にムックを供え、帰ろうとしていた時だ。

あるお墓の前でへたり込んでいるお婆さんを見つけた。ギョッとしたけど、その足を見たら、靴の類を履いていなかった。着ている物は薄手の部屋着だし、話しかけてもなかなか会話が成立しない。

そういう光景には見覚えがあった。親父の母親、つまり同居していた祖母が亡くなる数年前から認知症になり、裸足のまま家の外へ出て徘徊していたことがよくあったのだ。夜、家に連れ戻された祖母に、そのお婆さんの姿はそっくりだった。

これは徘徊に違いない。そう思い、お婆さんを助け起こそうとした時だ。

霊園の中を軽トラックが走ってきたと思ったら、十字路でバックに切り換え、そのままぼくたちのいる小路へ入って来た。方向転換だったのだろう。

急いでお婆さんをどかそうとして抱え上げた瞬間、後頭部に強い衝撃を受けて倒れ込んだ。頭に手を触れると、生暖かい液体で指先がぬめった。

慌てて手を見ると、真っ赤に染まっていた。

これはもうダメだと、ぼくは覚悟した。

霞む視界の中に、通り過ぎて行く車体に書かれた数字が目に入ったので、なんとかして記録しようと思った。

手に付いた血で、傍らに落ちた紙袋に書き留めようとした。

だが、書き終わらないうちに目の前が真っ暗になった。

最後に感じたのは、頬に当たる石畳の凍るような冷たさだった。

——ところが、どうやらその後あのお婆さんが人を呼びに行ってくれたらしい。認知症なのに、なんとか頑張って伝えてくれたのだ……。

お婆さんを助けようとして、逆に助けられてしまった。不甲斐ない。

「ならば——」と、赤井氏は言った。「下手人が石屋だった可能性を警察に進言してみよう」

師匠、下手人て。

高橋＝老人霊はさらに続けた。『……メッセージは……車に……書かれた……文字を……引き写したもの……ではないのか……』

「そのとおりです！」と、ぼくはたまらず言った。

誰にも聴こえていないことはわかっていた。

「そうだ。我々でもっと手掛かりを見つけてやろうじゃないか」と、赤井氏。

「ということは、ナンバープレート……？」と、希さん。

「うん。確かに車のナンバーだとしたら四ケタの数字になるな。しかし書かれていたのは１１１とそれに続くＬだ」と、赤井氏。

「前三つが１だとしても、やっぱり最後のＬがわからないですね」と、慶子さん。

「数字とアルファベットの組み合わせは外国だけよね」と、元大使館員の希さん。

『……Ｌ……ではなく……数字を……書こうと……していたら……』と、老人霊。

「数字……」

「やはり全部数字ということか」

ぼくもたぶん、四ケタの数字を見たのだと思う。ただ、車体のどこに書かれていたかは覚えていない。

『……書き掛け……だとしたら……』

「書き掛けの数字？」

メモ用紙にペンを走らせていた慶子さんが声を上げた。「あっ！」

急いでメモを回覧する。

4

「〝4〟なんだけど、上の部分が開いてしまっているわけか」と、赤井氏。

「手書きだと、そうなりがちよね」と、希さん。

「〝4〟を書いている途中でぼくは意識を失ったのね。かわいそうに……」と、慶子さん。

慶子さんのその一言でぼくは救われる。

赤井氏が慶子さんの字の隣に1を三つ書き添えた。

1114

「やっぱり車のナンバーだったんだ」と、慶子さん。

「いや、違うな」と、ここで川田氏が反論した。「ナンバープレートならハイフンがあるはずだ」

「フランスのプレートもハイフンが入ってたわね」と、パリで二週間シトロエン2C

Vを乗り回していたという希さんが言った。

「切羽詰まっていただろうから、ハイフンくらい忘れるのでは」と、赤井氏。

希さんが頷く。「まあ、それはあるかもね」

『……語呂合わせ……だと……どうなる……』と、高橋＝老人霊は続けた。

「語呂合わせ？」と、赤井氏。

それがどう関係あるのだろう。

再びメモが回覧される。

1114

「〝イイヒトヨ〟？」と、赤井氏。

「〝いい人よ〟か。個人を褒めてもねえ。選挙カーでもあるまいし」と、希さん。

「〝イイヒトシ〟——井《い》伊《い》仁《ひとし》という名前？　井伊直弼《なおすけ》の子孫とか」と、慶子さん。

「なんで子孫がそこに？」と、小山さんがツッコむ。「そうじゃなくて、〝いい人の死〟という意味では。お墓だけに」

「そんなバカな」と、慶子さんがツッコむ。「——もっとシンプルに〝イイイシ〟とか」

「じゃあ、〝イシ〟は遺志を継ぐ、の〝遺志〟？」と、赤井氏。

「いや、先ほどの老人の言葉を思い出せよ。どこの車だと言っていた？」と、川田氏。

「ええと、石材店の……」と、慶子さん。

「ナルヘソイエペス！」と、赤井氏が膝を打つ。「〝石〟――ストーンの〝石〟か！」

「つまり〝いい石〟？」

川田氏が頷く。「そのとおり」

「確かに、語呂合わせと言えば、業者の電話番号よね……」と、希さん。

「全部じゃなくても、末尾四ケタだけ語呂合わせというのもありますからね」と、慶子さん。

「うん。〝いい石〟は、まさに石材店らしい語呂合わせだわ」と、赤井氏。

慶子さんが、数字の隣に語呂を書き添えた。

１《い》１《い》１《い》４《し》

記憶がさらに鮮明に蘇ってきた。

その数字を見た覚えがある。

常連たちも、高橋＝老人霊の指摘に手を打って納得していた。

たぶん、ぼくも正解だと思う。

「繋がったな」と、川田氏。「恐らく老人は、先に語呂合わせに気付き、そこから逆算して石屋という解答に辿り着いたのだ」

「正解ですか、お爺さん」と、慶子さんが高橋に向かって問い掛けた。

『……』

高橋＝老人霊はもう答えなかった。

「どうですか？」

『……』

「帰ってしまったようだね……」と、赤井氏。

老人霊が高橋から分離した様子はまだないが、たぶんその途上だろう。

代わりにぼくが返答することにした。

「正解！」

「あら……今、山崎さんの『正解！』という声が聴こえた気が……」と、慶子さん。

「俺も山ちゃんの声がしたと思ったよ」と、小山さんも言う。

「うん、確かに聴こえた」と、赤井氏。

川田氏は言った。「そんなバカな。死んで幽霊になったわけじゃあるまいし」

「――そういうこともあるんじゃない？」と、希さん。「『源氏物語』では、六条御息所《ろくじょうのみやすんどころ》が光源氏《ひかるげんじ》を慕うばかりに生霊となって、彼の妻や愛人たちを祟《たた》ったわけだし」

赤井氏が顎を撫でた。「生霊か……」

ぼくはやっと全てを理解した。

ぼくは死んではいないけれど、霊体――つまり生霊だったのだ。仲間たちに会いたいがために、ここ〈BARコースト〉に居座ってしまったのだ。いわば〝生きた地縛霊〟だ。

「しかし山ちゃんは祟ったりしないだろう」と、赤井氏。

もちろん、ぼくは祟ったりしない。何しろ物理的なことは不可能なのだ。六条御息所のようにはいかない。

隅の席の老人のように憑依もできないのは、たぶん死んでいないからなのだろう。よくは分からないが。

「祟ったりはしないけど、どこかで見ているのかも知れないな」と、赤井氏。

それも、正解。

「山ちゃん、よかったわね」と、希さんが宙空に向かって言う。

「ありがとう」と、ぼくは言った。

今度は聴こえないようだった。

「とにかく、電話番号のようだということがわかりましたね」と言って、慶子さんは紙片を掲げた。

１《い》１《い》１《い》４《し》

赤井氏が紙片に手を伸ばして言った。「それ、預かっていいかい？」

「どうぞ」

赤井氏が紙片を睨みながらスマホを操作した。「検索してみたら、やはり石材店の電話番号は１１１４が多いなあ。考えることは皆同じだ。――でも、〈玉川霊園〉に出入りしている石材店が全部が全部同じということはないよね。調べはすぐつくはずだ。明日早速、警察に情報提供してみよう」

「よろしくお願いします」と、慶子さんは言った。

「よろしくね」と、希さん。

師匠、ぼくからもお願いします。

次の瞬間、老人霊が高橋から抜け出るのが見えた。

霞のようになって、フワフワとカウンターの隅の席に漂っていく。

老人の姿が形作られ、座る姿勢になった。相変わらずスツールから浮き上がってはいるのだが。

直後に高橋は、ガバリとばかりに飛び起きた。青い顔をしている。

とたんに口を押さえ、慌ててトイレに走った。

「もったいない……」と、川田氏。

老人の幽霊はぼくの方を見ると、親指を立ててニヤリと笑った。

ぼくは、なぜだか急速に意識が遠のいていくのを感じていた――。

LAST
BOOZE

あれからすぐ、ぼくは入院中の病院で目を覚ました。

実に十二ヶ月の昏睡《こんすい》からの回復だった。

赤井氏が提供してくれた情報で警察が動いた。老人の幽霊の指摘どおり、〈玉川霊園〉に出入りしている石材店の一つに、電話番号の末尾が〝１１１４《イイイシ》〟である業者がいたという。ただちに捜査の対象となった。

当時、後からニュースで事件を知った業者は、「もしや」とは思っていたものの、怖くて言い出せなかったらしい。

被害者、つまりぼくが死亡していないこともあり、黙ってやり過ごそうと考えていたという。「もちろん被害者の回復は祈っていました」と言ったとはいうものの……。業者はそんな風に怯《おび》えていたため、警察の捜査を受けたとたん協力的になり、証拠がいくつも出てきて、ひき逃げ事件として確定された。

やはり見立ての通り、用済みになった墓石を引き揚げて帰る際、バック走行していての事故だったという。

あの日、後頭部に経験したことの無いような衝撃を受けて昏倒し、気付けばぼくは新宿駅西口のジャズが流れる〈ＢＡＲコースト〉の店内にいた。カウンター中ほどの大きな花瓶の前という定位置だ。

そこはカウンターテーブルにスペースがあまり無く、客が座ることはほぼない。下げたグラスや食器の一時置場になることもあった。だからぼくは常にその位置にいられたのだ。空のグラスを眺めながら。

実体が無く、物に触れることもできない。声を発したつもりでも誰にも聴こえない。ただ、意識を集中させると視覚や聴覚を取り戻すことができた。嗅覚が無いのは、恐らく匂いの粒子を物理的に取り込むことができなかったせいだろう。

これまでの〈BARコースト〉での記憶から、毎週水曜日の午後五時過ぎから十一時頃までの時間帯は店内をリアルタイムで知覚していられるが、それ以外の時間帯に店内にいる自分をうまくイメージできないせいか、ふっつりと意識が途絶えてしまう。これは、眠っている時に見る夢と似ていると思った。

なぜこういうことが起きたのか。

それは偏《ひとえ》に、〈コースト〉がぼくにとって一番居心地のよい場所だったからだ。家族がいなくなったぼくにとって、今やこの店が家庭と同じ存在なのだ。常連仲間は家族も同然なのだ（もう一つはっきり付け加えるなら、自分の名前が表紙に載ったムックと共に告白の手紙を慶子さんに渡したので、その返事が気になっていたということがある）。きっとそれで、ぼくは〝地縛霊〟になった。

そんなわけで、毎週水曜日には常連仲間とこの店で会い、興味深い会話に耳を傾けることができた。仕事中の慶子さんの顔を眺めることもできた。お陰でぼくは楽しい時間を過ごすことができた。

そうしてかれこれ十二ヶ月。

嬉しい誤算は、ぼくは死んで〝地縛霊〟になったわけではなく、実は〝生霊〟だったということだ。今になって昏睡状態から目覚めることができたのは、事件が動き出したからなのかも知れない。犯人が捕まったという知らせが、ぼくの潜在意識に作用したのだろう。

病院での一ヶ月の厳しいリハビリの末、ぼくはめでたく退院することができた。

あの隅の席の老人の幽霊と、常連仲間たちには感謝の気持ちでいっぱいだ。


四月末の水曜日、六時。新宿駅西口のジャズが流れる〈BARコースト〉では、常連仲間が退院祝いのパーティーを催してくれることになった。

生身では十四ヶ月ぶりだが、実際はせいぜい二ヶ月ぶりといったところだ。ただ、首筋の肌をくすぐる晩春の穏やかな風は本物である。

あのカウンターの隅の席を目をすがめて見るものの、もう老人の幽霊は見えなかった。〝生霊〟だった頃のぼくだから、彼の姿を見ることができたのだろう。

今、その席にはいつぞや赤井氏が描いた老人の似顔絵のコースターが飾られている。

その前にスミノフブラックの入ったグラスと、ピーナッツの皿。供物なのだ。

というのも、今日はあの老人の一周忌でもあったからである。

ぼくの事件を解決に導いてくれたのが、〈コースト〉で倒れて亡くなったある老人の幽霊であると、リハビリの頃に直接聞かされた。「信じられないだろうけど」と前置きをしてSFイラストレーター兼ライターでぼくの師匠、赤井氏が神妙な面持ちで話してくれたが、ぼくはすぐに了解した。

当然だ。ぼくもその場にいたのだから。

いや、その時だけではない。数々の謎解きの場に全て立ち会っている。

ただ、そのことは皆には伝えていない。なんというか、〝盗み見〟していたことを告白するようなものだからかも知れない。自分の意志でそうしたわけではないのだが、やはり気まずい。

しかし訊けば、その後すっかり老人の霊は現れなくなったという。たとえ条件が揃っても——つまり酔い潰れた人間がいても——憑依することは一切無かったらしい。

恐らくそれは単純に、老人の興味を惹くような面白い謎が出来《しゅったい》しなかったせいだろうと、赤井氏は言う。

その日、皆は老人を慰霊すると同時に、ぼくの回復を寿《ことほ》いでくれた。なんともカオスな状況である。

「久々に小山さんのカクテルが飲みたいです」と、ぼくは言った。「――何にしようかな……」

あの老人の『カクテルってぇのはな、ハレの日に飲むもんなんだよ』という声が聴こえて来そうだったが、ぼくにとって今日は紛れもなくハレの日だ。医者にも、多少のアルコールは許されている。文句は言わせない。

慶子さんがアンチョコを見て言う。「山崎さんにピッタリなのがあるわ。〝死者を蘇らせるもの〟コープス・リバイバーね。カクテル言葉は『死んでもあなたと』だって」

「お、いいすね」

しかしそのカクテル言葉、ちょっと意味深じゃないですか？　深読みしてもいいですか？

「このカクテルはいくつか種類があるけど、シンプルなやつでいいね。ブランデーは思い切ってレミー使おうか」と、この道五十年の名バーテンダー、小山さん。

ぼくは頷いた。「お願いします」

小山さんがミキシンググラスにレミーマルタンを注ぎ、カルヴァドスなるアップルブランデーを追加。さらにスイートベルモットの〝赤チン〟ことチンザノロッソを足した。軽くステアして広めのカクテルグラスに注ぐ。最後にレモンの欠片を軽く搾った。

「はいどうぞ」

ぼくも例によって口から行った。すかさず小山さんが注ぎ足す。〝もっきり〟だ。コクはあるが爽やかな味だった。

「美味《うま》いです」

小山さんは黙って頷いた。

「山ちゃん、復活おめでとう!」と、赤井氏がグラスを掲げて言った。

「おめでとう!」

皆が唱和する。

「ありがとうございます」と、ぼくは深く頭を垂れた。

次いで、常連仲間たちから、退院祝いのプレゼントを手渡された。皆さん、本だ。赤井師匠からは『定本 映画術ヒッチコック/トリュフォー』をもらった。高いので買うのをずっと躊躇《ちゅうちょ》していたやつだ。素直に嬉しい。

小説家の川田氏からは『亡霊は昼歩く』を始めとする彼のサイン入り著書コンプリートセット。謹んで読ませていただきます。

希さんからは兼高《かねたか》かおるの『新装版 世界とびある記』。タイトルからして海外旅行記だ。希さんらしい。

丸の内OLさっちゃんからは、たらちねジョンのコミックス『海が走るエンドロール』全六巻セット。映画制作に情熱をかける人の話。意外にもぼくのことをわかってくれていたのか。

受験塾講師の高橋からは齋藤孝《さいとうたかし》の『声に出して読みたい日本語』全三巻セット。いかにも高橋らしい。らし過ぎる。

全部の重量を合わせたらけっこうなものになる。今日は店に半分預けておこうか。

最後に慶子さんが微妙な表情で言った。「山崎さん、おめでとう」

彼女から渡されたのは白い洋封筒だった。皺が寄っていて新しいものではない。見覚えがある……。

思い出した。いつぞや、ぼくが進呈した映画ムックに、ぼくの茶封筒と一緒に挟んであったものだ。

もしや……これは告白への回答か？

宛名は筆記体で〝To Yama-chan〟とある。

「開けてもいいかい？」と、ぼくは訊いた。

「もちろん」

期待を込めて赤いハートのメタルシールを外して開けてみると、中からいつもの細長いサービスボトルの券が出てきた。それは三枚あった。

なあんだ、と思ったが、「えっ」と二度見した。

サービスボトル券のデザインそのままに、中央にこう印刷されていた。

ケイコキープ1日券（無期限）西新宿BARコースト

説明書きを読むと、一枚につき一日、慶子さんとデートができることになっていた。

つまり三日分の〝デート回数券〟だ。

いや、慶子さん。自分で自分を〝トロフィー〟扱いしてしまうの？　コンプライアンス大丈夫ですか？

やはりこれは、告白の返事ということになるのか。あのムックに挟んであったということは、ずっと前から用意してあったのか。いい返事と取るべきか。

しかし回数券は三枚しかない。それで打ち止め、ということだろうか。考えが頭の中でグルグル回るばかりだ。

「こ、これは……」ぼくは思い切って訊いた。「手紙の返事かい？」

「手紙って？」と、高橋がジト目でツッコむ。

「さて、どうでしょう」慶子さんは思わせぶりに答えた。

「さ、三回で終わりってこと？」ぼくは重ねて訊いた。

慶子さんがモナ・リザのように微かな笑みを見せる。「それは考え方次第ね……」前向きに解釈すると、三回のデートを経てさらに進展させるもさせないも、ぼくの手腕次第ということでもある。

たちまち、慶子さんと一緒に観に行きたい映画が、次々と頭の中に浮かんだ。ぼくは結局、映画なんだろう。

「みんなに見せてもいいかな」

「どうぞ」

お許しが出て、ぼくは〝ケイコキープ券〟を回覧した。「こんなん出ました！」

赤井氏が手を伸ばす。「なんだ、これは！」

「あら、よかったじゃない」と、希さん。

「ほう」と、川田氏。

「ひゅーひゅー」と、さっちゃん。

「くそーっ！」と、高橋があからさまに悔しがった。「小山さん、またＸＹＺください！」

「え、大丈夫？」

「今日はもう潰れたい気分です」

「あはは」

川田氏が人差し指をピッと立てる。「小山さん、『アルフィー』をアート・ファーマーで」

「はいよ」

ギムレットをタンカレーで、みたいなリクエストだった。日本のロックバンドのことでもない。

『アルフィー』は007シリーズを多数手掛けるルイス・ギルバート監督が六〇年代にマイケル・ケイン主演で撮ったコメディだ。二〇〇〇年代にジュード・ロウ主演でリメイクされており、ぼくはそちらの方を観ている。バート・バカラックによる共通のテーマ曲が有名だ。

やがてスピーカーから優しげな旋律《せんりつ》が流れ出した。

「トランペットですか？　それにしては柔らかい感じですね」と、ぼくは訊いた。

「フリューゲルホルンさ」と言って、川田氏はキャメルの紫煙を吐き出した。

ひとしきり盛り上がった頃、ギイッ！とスイングドアが開いた。

今日のパーティーは別に貸切というわけではないので、当然、一般客も入ってくる。

入口に立ったのは、上品な老婦人だった。

歳の頃なら七十歳前後。見事な銀髪のベリーショート。ネイビーブルーのスプリングコートと同系色のセーター、水色のズボン。どこかで見たような気もするが……。

「こんばんは」と、老婦人は言った。

「いらっしゃいませ〜」と慶子さんは軽やかに言い、次いで素っ頓狂な声を上げた。

「ええーっっ⁉」

「おお」と、赤井氏も声を出す。

老婦人が誰に言われるともなく、黒いハンドバッグをテーブル席に置いた。

慶子さんが訊いた。「あの……堀場先生ですか？」

「たぶん、間違いない」と、川田氏も珍しく驚いている。

「うそ、マジ？」と、さっちゃん。

「はい……そうです」と老婦人は、はにかみながら答えた。

彼女は、今をときめく人気ミステリー作家の〝堀場敦乃〟だったのだ。

見た覚えがあるはずだ。新聞には顔写真入りのインタビューがしばしば載るし、たまにテレビ出演もしている。また近々、原作を基にした新作映画が公開を控えているはずだった。

そして昨年の今頃は、確かアメリカのエドガー賞候補にもなったはず。残念ながら入賞は逃してしまったのだが。

その堀場敦乃がなぜこの〈コースト〉に？

ところが、せっかくの有名人ご来店ということなのに、高橋ときたら何も知らずに75・5度のアルコールにやられて白河夜船である。タイミングの悪いヤツ。

とその時、カウンターの中ほどから声が聴こえて来た。『……ぐう……堀井君……久しぶり……』

声がした方向を見るが、そこには酔いつぶれて俯せになった高橋しかいない。

常連たちも一斉に高橋の方を向く。

「高ちゃん?」と、赤井氏。

間の空いた喋り方、声色……。

あの老人の幽霊ではないのか。

「もしやまた……」

だが〝堀井君〟とは誰のことだ?

堀場——堀井。響きは似ている。

「ええ、きっと——」と、慶子さんが言った。「あのお爺さんが帰ってきたんだわ!」

「え、ほんと?」と、希さん。

「やだ、マジ?」と、さっちゃん。

赤井氏が答える。「本当らしい」

「わたしの本名というか旧姓を知っている……。もしや、大津《おおつ》さんですか?」と、堀場女史が高橋に向かって訊いた。

『……いかにも……儂だ……』

〝儂〟と言った。やはりそうだ。老人は〝大津〟という名前だったのか。

それにしても、堀場女史は一瞬にして状況が呑み込めたらしい。さすがである。

「やっぱり大津さんでしたか。大変ご無沙汰しております……」

『……うむ……ゆっくりして……いきたまえ……』

「ありがとうございます」

堀場女史は、大津なる老人の霊が高橋に憑依して話し掛けているのを、完全に了解済みのようだった。

「堀場先生」と、慶子さんがおずおずと訊く。「──ここに、その……幽霊がいるって、分かっているんですか？」

「ええ、分かるわ」と、事も無げに言う。

赤井氏が説明する。「たぶん今、そこの青年に老人の霊が憑依していると思うんです」

「そうみたいね。彼はよく『死んでもあの世へは行きたくない』って言ってましたから。──皆さんにはもうお馴染みなのかしら」

一同息を呑む。

「実は――」と、慶子さんが代表して言う。「そうなんです……」

「大津さん、お友達がいてよかったわね」と、堀場女史が高橋に向かって言った。

『……』

今度は返事が無い。

ぼくは高橋の背中の辺りに目を凝らしてみたが、何も見えなかった。

「お爺さん、もう帰ってしまったのかな……」と、希さん。

「まあいいわ。――では、お言葉に甘えて」と、堀場女史がカウンターの隅のスツールに腰を掛けた。

「堀場先生のご本名は堀井さんだったんですね。ウィキには非公表と書かれていました」と、慶子さん。

「堀井は旧姓だけど、本名を含めて非公表だったかもね」

「あ、旧姓でしたか……失礼しました」

大津なる老人の霊は堀場女史の旧姓を知っていたのだ。

「いらっしゃいませ」と、コースターを出す小山さんも心なしか緊張気味だ。

「小山さん、お久しぶりです」と、堀場女史が気安く言った。

小山さんを知っている？

「はい？」と、小山さんが声を上げる。「なぜアタシを……」

「小山さん、わたし、『讀國新聞』の堀井ですよ。以前こちらに来させて頂いていました」

「堀井さん……堀井さん……」とつぶやいてから、小山さんが手を打った。「ああっ、あのホリーちゃん⁉」

彼は明らかにカタカナの〝ホリー〟と呼んだ。

堀場女史は続けた。「四十年近くなりますが、当時、先輩記者の大津さんと毎日のようにこちらの隅の席で呑んでましたっけ。その節は大変お世話になりました」

小山さんは破顔した。「いや〜ビックリした。あのホリーちゃんが偉い作家先生になっていたなんてね」

「偉いだなんて、そんな……」と、堀場女史が手をひらひらさせる。「——こちらに寄らせてもらってたのは、ずいぶん昔の話ですからね。わたしは地方によく転勤になっていたし、大津さんもアメリカ総局へ行かされて、長い間現地勤務でしたから、なかなかこちらには伺えませんでした」

「そうだったんですか！」と、慶子さん。「祖父も父も、そんなこと教えてくれませんでしたよ」

「こちら——」と、小山さんが慶子さんを紹介した。「現オーナーの娘さんです」

「ということは……一郎《いちろう》さんは」

「はい、祖父は昨年亡くなりました」と、慶子さん。

「それはとんだことで……」と、堀場女史は頭を下げた。「——それにしても綺麗なお孫さんね」

「てへへ」と、慶子さんが照れた。「今はバーテンダー見習いなんです」

ぼくも嬉しくなる。

「では、カクテルを頂こうかしら。う〜んと、何がいいかな……」

アンチョコを見ながら慶子さんが張り切って言う。「『待ち焦がれた再会』がカクテル言葉のオリンピックなんてどうでしょう」

「パリのリッツで生まれたカクテルね」と、フランス通の希さんが言う。

「ああ、いいわね、それ」

「慶子ちゃん、ちょっと作ってみる？」と、小山さんが慶子さんに言う。

「わたしでいいですか？」慶子さんが堀場女史に尋ねた。

「ぜひ！」と、女史。

慶子さんは大きく頷くと、シェイカーにレミーマルタンと瓶入りのオレンジジュースを注ぎ、コアントローで甘みを追加した。最後に氷を入れてフタをすると、思い切りよくシェイク。小山さん同様、景気のいい音がした。堂々たる手さばきだ。

小山さんが用意した逆円錐型のカクテルグラスに表面張力一杯に注ぐ。「どうぞ」

堀場女史は躊躇《ためら》わずに口から行った。大胆にズズッと啜る。彼女も作法をしっかり覚えていたようだ。

「まあ、美味しい」

「嬉しいです！」と言って慶子さんは、これも小山さん同様にグラスに注ぎ足す。

堀場女史は改めてグラスを掲げると、老人のグラスに近付けて言った。「献杯」

一同も各自の飲み物を掲げ、小声で唱和した。

『……ぐう……』高橋＝老人霊がまた声を発した。『……カクテルってぇのはなあ……ハレの日に飲むもんなんだ……』

「あは、やっぱり大津さん、いるじゃない」と、女史が振り向く。「それ――いつも言ってたけど、今日くらい、いいでしょ」

『……』

高橋＝老人霊はまた黙った。

「まだお爺さん、いたんだ……」と、慶子さん。

堀場女史はグラスを置いて言った。「大津さんとはこちらのお店でよく事件の真相を推理し合っていたのよ。コンプライアンスも関係ない、大らかな時代だったわ……」

以前にも、小山さんがそんなことを思い出して話していたっけ。

「堀場先生は――」と、川田氏が珍しく畏《かしこ》まって言う。「そろそろデビュー三十周年では？」

「そう――」女史が答えた。「子育てが落ち着いた四十歳で小説家になったから、来年ちょうどそうなるわね」

するとは今は六十九歳か。

「俺はやっと十五周年、半分です」と、川田氏。

「あら、あなたもお書きになるのね」

「あまり売れてはいませんがね」と、ギムレットに口を付ける。

「今にきっと売れるようになるわ」

「そうでしょうか」

「そうよ」

「頑張ります」

堀場女史が特に根拠も言っていないのに、川田氏は妙に納得しているようだった。

女史はまたオリンピックを啜った。「大津さんとは、わたしが直木賞候補になったらこのお店で〝待ち会〟をしましょうって、約束していたのよ。ねえ、大津さん」

『……』

「ウチで待ち会ですって⁉　光栄です！」と、慶子さん。

堀場女史が頷く。「ところが大津さん、アメリカに行ったきりなかなか帰れなくなって。退職後は現地で事業を始めてますます動けなくなって。わたしが直木賞候補になった三回とも、待ち会のため戻ってくることは叶わなかったのね。最近になってやっと戻って来れたと思ったら、わたしはエドガー賞候補になった。入れ違いにわたしはアメリカへ行き、彼は日本に残った。それで去年の今日、こちらで独り待ち会をしてくれていたんだけど……」

「倒れられてしまったんですよね……」と、希さん。

「ナルヘソイエペス……。ご老人はあの日、ここで待ち会をしていたんですか」と、赤井氏。

そういえば思い出す。あの日、大津老人は「堀場はエドガー賞を獲れるだろうか」と言っていた……。

さっちゃんが頷く。「あの日はあたしもさんざんお世話になってしまって……」

そうだった。あの詐欺男を追い出したのも大津老人だった。

「わたしは落選して、大津さんはあっちの世界に旅立ってしまった……。——一年経ってこちらに伺ったのは、今日が命日だと聞いたからなんだけど、まさか一周忌をしてくださっていたなんてね……。でも、こちらにちょくちょく戻って来てるらしいから、安心しました」

彼女に、幽霊となった老人の武勇伝の数々を聞かせてあげたいと思う。しかしそれには一晩では足りないだろう。

堀場女史は宙空に言った。「大津さん、聴こえてますか？　今年上半期の作品は自信があるので、直木賞候補になったら、きっと〈コースト〉で待ち会をしましょうね！」

『……』

「大津さん」

『……』

「やっぱり、もう帰ってしまったんですかね……」と、慶子さんが寂しそうに言った。

するると、突っ伏したままの高橋の右手がゆっくり上がった。

「とうとう成仏してしまったのかもね……」と、堀場女史。

そして親指が、グイと力強く立てられた。

この物語はフィクションです。作中に同一の名称があった場合でも、
実在する人物、団体等とは一切関係ありません。

あとがき

「ある飲食店に集まったお馴染みのメンバーたちの取り留めもない会話の中から一つの謎が持ち上がり、その解明のためひとしきり推理合戦が繰り広げられるものの、決め手に欠け、最後に必ずカヤの外にいたある特定の人物によって真相が言い当てられる」というのは、アイザック・アシモフ作『黒後家蜘蛛《くろごけぐも》の会』（これもアガサ・クリスティ作『火曜クラブ』の影響下にあると言われる……）のフォーマットであるが、それを使ってみたいと思う人は世に多いらしく、私もその一人だった。

中学生の頃に同作に触れて以来、いつかはそういった作品を書けるような立場になりたいものだと思っていた。長じて（しかもだいぶ長じて）、幸運にもミステリー作家になれた。そうしてデビュー四作目を構想中に編集者から、最近は〝お店もの〟が定番なので一つ書いてみたらどうかと振られ、これ幸いと〝お店もの〟を拡大解釈して飛び付いた結果、生まれたのが本作である。

しかし、同様のコンセプトの先行作は数多い。差別化を図らなければと考えた時に思い付いたのが、名探偵を〝幽霊〟にすることであった。もちろん〝心霊探偵もの〟の先行作も多いので、本作の場合は幽霊ゆえのチートスキルを行使したり、心霊現象を解決したりといった方向には行かないようにした。

なぜ幽霊なのかと問われれば、世の名探偵たちがあまりに人間離れしているので、どうせなら幽霊でいいじゃないかという開き直りである（スイマセン）。また、最後まで読んでいただければわかると思うが、ある仕掛けのためのミスリーディングでもある（なので順番通りにお読みいただきたい）。

また、幽霊を出したもう一つの動機としては、ちょうど本作構想中に母がガンで他界してしまったということがある（辛気臭い話でまたスイマセン）。幽霊と会話ができれば、没後の面倒なアレコレに関して色々相談ができるのではないかと、詮《せん》無いことをしばしば考えていたことがキッカケになった。

一方〝お店もの〟を手掛けたもう一つの動機としては、私が社会人になった直後から二十年ほど通った新宿のロールキャベツシチューで有名なレストラン＆バー〈アカシア〉をモデルにして小説を書きたいという、長年の念願を叶えたいということもあった。店内はもちろん、人物の一部も当時の常連仲間をモデルにしていたりする。残念ながら現在は同店のバーセクションは廃止され、名バーテンダー氏を始め仲間の多くは他界してしまっている。だから、バーと彼らに対する手向けになればいいなという思いもあった。

『黒後家蜘蛛の会』の特徴はレギュラーメンバーたちのおしゃべりと日常の謎であるが、本作もその点は同じで、かなりの分量をおしゃべりに割き、殺伐としていないささやかな謎解きを旨としている。構えず気楽に楽しんでいただけると幸いである。また、『黒後家蜘蛛の会』は各話の後ろに「あとがき」が付記されているのももう一つの特徴であり、多くのファンと同じく私もそこを読むのが好きだった。そこで本作でも生意気に倣《なら》うことにした。ただ、各話ごとに付けると読みづらいという向きもあろうかと思い、巻末の当欄にまとめることにした。したがって以下は各話を読了後に目を通していただくのがよいと思う。

※以下ネタバレ注意

BOOZE 01：詐欺

〝BOOZE〟とは「酒」を表すスラングである。

初回なので基本設定を詳述する必要があり一番枚数が多い。また、形がまだ定まっていなかったので一番苦労した一編である。

作中に出てくる『Mr.ビーン』をパクった新聞投書は、実際に私が目にしたものを基にしている。本当にパクられたものかどうかは今となっては確かめようがないのだが。

また、ジャック・フィニイの『失踪人名簿』と古谷三敏の『ダメおやじ』の中のエピソード「蒸発チクワ作戦」の関係についても、私個人が関連させて考えているだけで何の根拠も無い。興味のある向きは両者を読み比べていただくとよいだろう。

そして「片松葉」については、私が二十代の頃に交通事故に遭って三ヶ月入院した際に経験したことに基づいている。以来ずっと、テレビ等で誤った使用法を見る度「違うのになあ」と思い続けている。こういう細かなストックがネタになるので、日常の違和感は大事にしたいと思う。

なお、レギュラーキャラたちの名前には特に由来は無い。多いので覚え易いように平易な名前を配しただけである。イラストレーター赤井氏の口癖「ナルヘソイエペス」は昔ながらのオヤジギャグの一種で、元々あった「なるほど」を「ナルヘソ」と言い換える俗語と、有名なスペインのギタリスト、ナルシソ・イエペスを合体させたものである。自分が発明したつもりでいたが、世間的にも言われていることを知り、皆考えることは同じだなと思ったものだ。

ところでアメリカのエドガー賞の発表は日本時間で午後一時半前後のはずだが、本作では作劇の都合上、夜の発表とした。

BOOZE 02：人間消失

トイレを二店舗で共同使用しているため出入口が二つあるというバーは、新宿ゴールデン街に（私の知る限り二組）実在する。迷惑になるといけないので詳細は省く。作中の店名もフィクションである。

実在するからトリックとして正しい！どや！と言うつもりはない。珍しいので紹介したいと思って採り入れたまでである。もちろんかなり脚色してはいるが、実際、お客が隣の店に通じるドアをトイレの個室と間違えてノックするらしい。店側としても一々説明するのが大変だと思ったらしく、最近では注意書が貼られている。

なお、同じく作中に登場する〈Hungry Humphrey〉については、許可を得て実名で出させていただいた。映画『カサブランカ』を内装のコンセプトにしたフードメニューの豊富なバーである。興味のある方は覗いてみてください。

また〝坂東〟という苗字は周知の通り実在するのだが、映画『ハードコアの夜』の主人公バンドーンをモジって設定している。

BOOZE 03：定義

日本語の乱れに対する個人的な憂いをぶちまけた話である。冒頭から飛ばしており、「うっせーな」と思う向きもあろうかと思う（スイマセン）。

　私がかつて模型専門誌の編集者だった頃から業界関係者の間で「版元」と「版権元」の混同が見られ、誌面で正しい認識を啓蒙してきたのだが、未だに著しい改善は見られないようだ。出版業界における「版元」と、模型・玩具・アニメ・（一部映画）業界における（誤用の）「版元」では意味が違っているのである。いっそネタにしてしまおうということで書いた一編である。

　なお〝中野〟〝五十嵐〟という組合せには、ある世代以上ならピンとくるはずだが、設定上の深い意味は無い。

BOOZE 04：君の名は

「誤植」や「勘違い」をテーマにした一編。これもほとんど私が雑誌編集者時代に経験したことに基づいている。『デモリションマン』のクダリも実話で、今思い出しても忸怩《じくじ》たるものがある。校正指示の〝ママ〟のクダリは、小説家の矢樹純《やぎじゅん》さんのSNS投稿を許可を得て借用させて頂いた。その他、例によって巷《ちまた》の誤謬《ごびゅう》を指摘する個人的趣味や役に立たぬウンチク全開である。

　メインネタの寿司屋（ネタだけに）も、本作構想当時に入院中だった母の面会に行く道中、いつも見掛けていた実在の店だ。看板を見る度に「〝アリサ〟だよなあ」と思ったものである。やはり執筆にあたっては同店に承諾を得ている。なお、アシモフの『黒後家蜘蛛の会』にも「ロレーヌの十字架」という似た話があるが、この類似はまったくの偶然である。
　また〝チャルメラ〟のクダリは実体験だが、発音としては〝チャルメル〟だったり〝チャラメラ〟だったりするらしいので、〝チャラメル〟が一概に間違いとは言えないのかも知れない。

BOOZE 05：アリバイ
「双子」がネタの一編。が、トリックで使われているわけではないことは読了後の諸氏は了解済みのことと思う。私に双子の知人がいるわけではなく、双子をテーマにした映画を数多く観ているに過ぎないのだが、恐らくこの件に関しては現実の方が神秘に満ちているのではないだろうか。
　オチに関しては、これも母の関連で市役所で戸籍謄本を請求した際に思い付いたものである。タイトルに関しては導入部および全体をふんわり象徴させているのみで、ガッツリしたアリバイトリックを求めていた向きには申し訳ないが、編集担当さんには一番ウケた話だ。
　ちなみにトリックとして〝双子〟と〝転送機〟の両方が出て来る映画が一つある。ネタバレになりそうなので詳述は避けるが、そんな反則あり?と思った記憶がある。

なお〝鵜入〟という名前はエドガー・アラン・ポーの短編『ウィリアム・ウィルソン』のモジリなのだが、実在の苗字でもある。

BOOZE 06：ダイイングメッセージ

タイトルのとおり、暗号ネタは短編ミステリーの定番なので、ごくライトではあるが一本仕込んでみた。

ただし読了後の方はおわかりのように、本編の主眼は全編を通した叙述トリックのタネ明かしにある。他のエピソードで時々違和感があったと思うが、それは伏線だったのだ。「幽霊話の語り手が実は幽霊だった」という先行作は映像作品でも有名なものがいくつも存在する（これもネタバレになるので詳述は避ける）。なので、本作では早々にネタを割ろうと思っていたのだが、担当さんの強い要望で最終話まで隠し通した。うまく隠し果《おお》せたかどうかは読者諸氏の判断に委ねたい。

ちなみに父親の墓前にムック本を供えるクダリは、三十年前の私の実話である。

LAST BOOZE

後日談なので謎解きは無いのだが、少し長かったかも知れない。カウンターの隅の席に居座る大津老人と元新聞記者である作家・堀場敦乃の子弟コンビは、バロネス・

オルツィの『隅の老人』のパロディでもある。同作に登場する夕刊紙の女性記者の名前がポリー・バートンであった。

ちなみに子弟コンビが勤めていた『讀國新聞』は、『讀賣新聞』のパロディでもあり、〝黄泉の国〟のモジリでもある。

（歌田年）

宝島社
文庫

BARゴーストの地縛霊探偵
（ばーごーすとのじばくれいたんてい）

2024年10月17日　第1刷発行

著　者　歌田年

発行人　関川誠
発行所　株式会社 宝島社
〒102-8388　東京都千代田区一番町25番地
電話：営業 03(3234)4621／編集 03(3239)0599
https://tkj.jp
印刷・製本　中央精版印刷株式会社

Printed in Japan
ISBN 978-4-299-06088-4